# 呂進詩學雋語

「靈感是生活之花」

呂進著
曾心、鍾小族主編
程海岩、董運生、李悦編委

# 序

呂進先生是我敬重的中國詩評家，我是二〇〇七年十月在第二屆東南亞詩人大會上認識他的。那次會議在廣東韶關舉行，呂進先生為會議提供了論文《東南亞詩歌：本土與母土》。他寫道：「東南亞是華文詩歌正在成熟的一個富有特色的組成部分，蕉風與華韻的交融富有藝術魅力。」在會議的閉幕式上，他又受邀為會議做學術總結。他的文章和總結講話，給我、給到會的東南亞詩人，帶來驚喜，留下深刻印象。大家都喜歡他、尊敬他。我就是從那時起和呂進先生開始交往的。我發現，他簡直是桃李滿天下，許多著名詩評家都出自他的門下，提到他，都對「呂老師」很仰慕，也很自豪。所以，我也跟著他的弟子叫他「呂老師」。我比他稍長，他總叫我「曾心詩兄」。見面不多，電郵很多，瞭解日益加深，友誼日益增長。

二〇〇九年呂進先生擔任主席的第三屆華文詩學名家國際論壇在西南大學舉行，我受邀出席，並在開幕式上擔任五位原主題講演者之一。二〇一〇年七月，泰國留中總會文藝寫作學會慶祝成立三周年，憑藉我和呂進先生的友誼，受該會會長的委託，特邀平素不太喜歡出門的他來到泰國，並做了《中國文學的詩化特徵》的學術講座，深受好評。他關心泰國「小詩磨坊」，為第四集《小詩磨坊》寫序，題為《八仙過海——二〇一〇年〈小詩磨坊〉序》，給「小詩磨坊」詩社八位同仁極大的鼓舞。同年，他還為我的一百六十首小詩作了點評，「點」醒了詩中的眼睛，出版了《曾心小詩點評》。

在和呂進先生交往中，我產生了一個強烈願望：把他那些被人評論和引用很多的著名詩學名句編成一本語錄體的書。這就是《呂進詩學雋語》的來歷。我和鍾小族先生（文學碩士，師從呂進先生，現供職於西南師範大學出版社，是《呂進文存》的責編），以及呂進先生幾個在讀的研究生，一起努力，從幾百萬字的著述裏，選編出了這本書。說實話，呂進詩學體系博大精深，無處不閃爍著詩心、哲理和語言的靈光，選編這本書是有難度的。尤其是我們考慮到，為了讀者的方便，要儘量把篇幅壓得簡短一些，這就更是難上加難了。我們儘量努力，把它分為「詩美篇」、「詩歌分類篇」、「詩運篇」、「詩人篇」、「詩歌技法篇」和「詩歌鑑賞篇」六個部分，希望能給讀者提供學習和使用呂進詩學體系的某些方便和樂趣。

呂進在小學年代就開始發表詩歌，所以詩人臧克家曾在《呂進的詩論與為人》一文中說：「呂進同志，從少年時代就發表詩作，以詩人之心論詩，自然知其意義與甘苦。」自兒時起的詩歌世界大大改變了呂進的現實人生。接觸過他的人都有一個強烈感覺，這就是他的人生的理想標杆是在創造一個詩化人生。許多研究他的文章，都注意到他的人生風度：輕人之所重，重人之所輕。這裏的「人」就是俗人，庸人，所以出現在我們面前的呂進先生總是脫俗的，樂觀的，明朗的。他有一句座右銘：「心中別有歡喜事，向上應無快活人。」這個座右銘成了他的學生們的人生指路標。也正因為別有嚮往，所以呂進先生心胸很寬廣。對於人生中遇到的某些一般人難以忍受的另類，他完全不屑理會。新西蘭詩人遊子感歎說：「像呂進這樣的胸懷的人，是很少的。」

呂進是一個有自己完整詩學體系的人，這在當今的中國詩學界並不多見。尤其是他的文體理論，非常深刻而周全，既是現代的，又是傳統的。一九八二年他出版《新詩的創作與鑑賞》，一時洛陽紙貴，重印三次，印數四萬冊，市面上仍然找不到。許多詩人，甚至現在身在海外的詩人，都在文章或博文裏回憶，當年給自己引路的案頭書就是這部著作。從那時到現在，可以說，呂進的著作等身，迄今已撰寫和主編了近三十部著作，一些著作還是多卷本。

幾十年來，呂進在中國詩壇一直保持著強勁的影響，持久而不衰。有人說，西南大學並不在北京，但是呂進在遙遠的重慶發出的聲音總是受到全國注意，這是一個當今詩壇的奇特現象，談中國新詩而不知呂進，將是一個笑話。以他為領頭人的「上園派」是新時期中國詩壇的與傳統派、崛起派並立的重要詩學學派。進入新世紀，呂進又提出了以振衰起弊為旨歸，以詩歌精神重建、詩體重建、詩歌傳播方式重建等「三大重建」為內容的「新詩二次革命」，掀起了新的浪潮。

說起呂進先生，當然要說到中國新詩研究所。上個世紀八〇年代成都著名女詩人王爾碑曾發文說，重慶有三大寶：「火鍋，長江大橋，還有中國新詩研究所。」香港著名詩人犁青也說，到新詩研究所就是「朝聖」。呂進說，他這一生最重要的科研成果不是某部書，不是某篇文章，而是中國新詩研究所。一九八六年的端午節，因為對新詩的守望，在呂進向學校的建議下，中國新詩研究所誕生了。這是新文學歷史上第一家新詩研究機構，是西南師範大學的獨立建制的系級單位。呂進出任所長，詩壇前輩臧克家、卞之琳受聘為顧問教授。在二十五年裏，中國新詩研究所經歷了不同尋常的風景，信心滿滿地走在尋夢之路上。從一名在讀研究生到今天的一百多名在讀研究生的數量變化，從於今遍佈中國詩學界的畢業生的活躍與影響，見證了新詩所二十五年的不無光輝的歷程。而呂進始終是中國新詩研究所的旗幟與靈魂。

新詩所出來的弟子號稱「呂家軍」，無一不敬愛自己的導師。在呂進先生七十壽辰的時候，各國各地學生不顧導師的反對，趕回重慶祝壽，並製作了一個呂進的銅像。西南大學校長王小佳在為四卷本的《呂進文存》寫的序言《刪繁就簡三秋樹，領異標新二月花》裏提到這件事：「這樣的學術帶頭人在學校是不多的。

他為學校的建設，尤其是文科的學術建設，做出了自己的貢獻，也因此受到全校師生的敬重。先生七十大壽時，學生們自發地為他塑了一尊蘇格拉底式的智者的銅像就是最好的例證。」我也為此寫了一首小詩《銅像》，刊登在《中外詩歌研究》上：

新詩重鎮的山城
一座龍族新詩形象的座標

俯察
一首熟透醉人的新詩
仰觀
一束繆斯靈光的聚焦

願這本《呂進詩學雋語》能夠廣泛流傳，受到大家的歡迎和喜愛，如果這樣，我的夙願也就達到了。

呂進先生有句藝術人生寄語：「以出世的風格，做入世的工作」，我很喜歡，把它當座右銘。在此也獻給喜愛呂進詩學的讀者。

是為序。

曾心

二〇一二年一月二十二日

# 呂進詩學雋語

**詩歌分類篇**

詩運篇

## 詩歌鑑賞篇

# 詩美篇

# 詩的定義

詩是歌唱生活的最高語言藝術，它通常是詩人感情的直寫。

——呂進，《呂進文存・第一卷》，重慶：西南師範大學出版社，二〇〇九年，頁四九

詩的「定義」，有三個方面：一是詩反映社會生活途徑的獨特性；二是詩反映社會生活媒介的獨特性；三是詩的作者與作品關係的獨特性。

——呂進，《呂進文存・第四卷》，重慶：西南師範大學出版社，二〇〇九年，頁七三

所謂「歌唱」，就是化生活為感情，就是生活的心靈化。即是說，感情不僅僅是從生活到詩的仲介，而且是詩的直接內容。詩不但以抒情態度去認識現實，而且以歌唱現實去反映現實。

——呂進，《呂進文存・第四卷》，重慶：西南師範大學出版社，二〇〇九年，頁七三

「歌唱」是與「敘述」相對而言，有的讀者以為是與「暴露」相對而言，實屬誤解。

——呂進，《呂進文存・第四卷》，重慶：西南師範大學出版社，二〇〇九年，頁七三

詩的反映對象是生活，詩的立足點也是生活。生活的心靈化無非是心靈對生活的體驗與反響而已：詩對美引起的體驗與反響的描繪無非是它對美本身的一種獨特描繪而已。

——呂進，《呂進文存・第四卷》，重慶：西南師範大學出版社，二〇〇九年，頁七四

「它通常是詩人感情的直寫」一句，是想闡明詩的作者與作品的關係的獨特性。詩歌唱生活。詩不必像其他文學樣式那樣去塑造人物形象、安排故事情節。詩通過自己的審美方式去把握世界。除了敘事類的詩，詩人在詩中塑造的是抒情主人公形象，而在通常情況下，抒情主人公形象往往就是超越詩人自己的「詩人自己」的形象，至少也較多地溶進了詩人的人格、個性、經歷、氣質等等。德國作家讓・保爾・里希特說：「在抒情類詩中，……創造者變成了自己的創造品。」他大概就是指此。我以為這是詩有別於其他文學樣式的一個重要美學本質。

——呂進，《呂進文存・第四卷》，重慶：西南師範大學出版社，二〇〇九年，頁七五

「直寫」當然不是抄襲原型感情。詩人在自己身上體驗時代的悲歡。他深入地把握自己，以生動地獲得超越自己的自己。

——呂進，《呂進文存・第四卷》，重慶：西南師範大學出版社，二〇〇九年，頁八一

# 審美視點

所謂審美視點，就是詩人和現實的美學關係，更進一步，就是詩人和現實的反映關係，或者說，詩人審美地感受現實的心理方式。在對於物質媒介感覺終止的地方，藝術才真正開始。換個說法，藝術與現實總是有縫隙的，這種縫隙的完全彌合，也就意味著藝術的毀滅。

——呂進，《呂進文存・第二卷》，重慶：西南師範大學出版社，二〇〇九年，頁三〇〇

從審美視點觀察，文學可以分為兩類：一類是外視點文學，即非詩文學（尤其是戲劇）；一類是內視點文學，即詩和其他抒情文體（尤其是抒情詩）。外視點文學敘述世界，內視點文學體驗世界。外視點文學具有較強的歷史反省功能，內視點文學以它對世界的情感反應來證明自己的優勢。外視點文學顯示客觀世界的豐富，內視點文學披露心靈世界的精微。

——呂進，《呂進文存・第二卷》，重慶：西南師範大學出版社，二〇〇九年，頁三〇〇～三〇一

散文對外在世界的感受終止的地方（自願的終止、無可奈何的終止，等等），正是詩的領地。詩在散文未及、未盡、未能、未感的地方顯露自己的價值：它是外在世界的內心化、體驗化、主觀化、情態化。散文

的外視點有超越時空和生活現象的極大自由，但在心靈生活中它的靈敏度卻並不理想。如果說，散文探索「外宇宙」，詩就在探索「內宇宙」；如果說，散文尋覓外深化，詩就在尋覓內深化；如果說，散文在外在世界徘徊，詩就在內心世界獨步。散文是作家與世界的對話，讀者傾聽散文；詩是詩人在心靈天地中的獨白，讀者偷聽詩歌。

詩與散文的根本異質在審美視點的同中的不同，由此在審美對象、審美方式、審美體驗、審美表現、審美功能上分道揚鑣。離開審美視點而言詩只能是隔靴搔癢。在西方，所謂荷馬方式和聖經方式其實也就是外視點文學和內視點文學。不同審美視點帶來不同的文體可能。

——呂進，《呂進文存・第二卷》，重慶：西南師範大學出版社，二〇〇九年，頁三〇一～三〇二

內視點就是心靈視點，精神視點。我國古代「言志說」和「緣情說」兩個抒情詩理論實際上都是對內視點的發現，二者的區別無非是一個強調情的規範化，一個強調情的未經規範的自然本質而已。

——呂進，《呂進文存・第二卷》，重慶：西南師範大學出版社，二〇〇九年，頁三〇二

內視點是進入創作狀態後啟用的。詩人應當擺脫的誤解在於：想從詩與外在世界的脫離中尋覓詩的永恆。內視點的靈敏度與詩人對外在世界的體驗程度和把握外在世界的深刻程度一致。詩的最高價值在於言眾人之未言與難言。詩只能在自己的時代裏尋求不朽。

——呂進，《呂進文存・第二卷》，重慶：西南師範大學出版社，二〇〇九年，頁一五七

抒情詩的內視點有三種存在方式。第一種基本方式是以心觀物，即現實的心靈化。詩人以心觀物時總是傾心於表現性較強的事物。第二種基本方式是化心為物，即心靈的現實化。以心觀物的詩，其意象是具象的抽象；而化心為物的詩，其意象則是抽象的具象。第三種基本方式是以心觀心，即心靈的心靈化。以心觀心是原生態心靈向普視性心靈的昇華。

——呂進，《呂進文存·第二卷》，重慶：西南師範大學出版社，二〇〇九年，頁三〇〇

「精練」、「想像」和「感情」不是詩歌專利；詩是心靈性很強的藝術，它的審美視點是內視點，而不是外視點，和散文不同，詩與生活的「反映」關係是通過「反應」來實現的；詩與散文在語言上的區別不止於「節奏」，二者在語言上的區別不在語言，而在不同的語言方式；定義對現代派詩歌和後現代詩歌缺乏概括力。

——呂進，《呂進文存·第三卷》，重慶：西南師範大學出版社，二〇〇九年，頁二三〇～二三一

詩人要進入詩的世界，首先要獲得詩的審美觀點。不同的審美觀點，使不同文學品種創作者在哪怕面對同一審美對象時，也顯現出在審美選擇和藝術思維上的區別。詩情體驗變為心上的詩，還只是詩的生成的第一步。心上的詩要成為紙上的詩，就要尋求外化、定形化和物態化。審美視點是內形式，言說方式是外形式，即詩的存在方式。從內形式到外形式，或曰從尋思到尋言，這就是一首詩的生成過程。詩體是詩歌外形式的主要因素。換個角度說，尋求外形式主要就是尋求詩體。

——呂進，《呂進文存·第三卷》，重慶：西南師範大學出版社，二〇〇九年，頁三二三

所謂內視點，也可以說就是直接觀照心靈的視點。外視點通過仲介觀照心靈，詩超越了這種仲介。詩人的智慧正體現在對「人人心中所有，人人筆下所無」的人生經驗的捕捉上。詩人由外在世界回歸最深層的內心世界，他在內心世界獨步時的自白就是詩。

——呂進，《呂進文存・第二卷》，重慶：西南師範大學出版社，二〇〇九年，頁一六一

# 詩與生活

詩來源於生活。詩是生活大海的閃光。把詩與生活隔開，就無法認識詩的內容本質。

——呂進，《呂進文存・第一卷》，重慶：西南師範大學出版社，二〇〇九年，頁六一

詩雖然直接來源於生活，但它一般並不直接反映生活，而是直接表現人的情感；詩不長於細緻地敘述客觀現實，而是長於細緻地敘述感情浪花。換句話說，詩的內容本質在於抒情，它是生活的感情化。它通過表現人的情感去反映生活；它通過細緻地敘述感情浪花去敘述客觀現實。

——呂進，《呂進文存・第一卷》，重慶：西南師範大學出版社，二〇〇九年，頁四九

有生活的地方，就有詩的歌唱。詩的領域像生活一樣廣闊無垠。

——呂進，《呂進文存・第一卷》，重慶：西南師範大學出版社，二〇〇九年，頁六一

古典詩論說：「國家不幸詩家幸，賦到滄桑句便工。」詩歌應當多方面、多角度、多風格地歌唱生活。但這一歌唱中最好有「滄桑」這樣或那樣的影子。

——呂進，《呂進文存・第一卷》，重慶：西南師範大學出版社，二〇〇九年，頁一三七

新詩，應當這樣做：詩與生活絕不能是永不交叉的平行線。詩，要面向生活，干預生活，推動生活。

——呂進，《呂進文存・第一卷》，重慶：西南師範大學出版社，二〇〇九年，頁三一〇

對於詩，更重要的不是對象的外貌，而是詩人的主觀體驗。外在世界的一切經詩人的主觀體驗而獲得詩的生命，如同睡美人之經王子的一吻而復活。

——呂進，《呂進文存・第二卷》，重慶：西南師範大學出版社，二〇〇九年，頁一五七

詩的創作過程就是化對象為體驗、化客觀為主觀的過程，或者，化物理世界為心靈世界的過程。「化」，即質形俱變。吳喬說：「文，則炊而為飯；詩，則釀而為酒。」《圍爐詩話》。飯並未改變五穀的形狀，酒就把五穀的質形都改變了。飯屬於實用的物理世界，酒屬於超脫的心理世界。

——呂進，《呂進文存・第二卷》，重慶：西南師範大學出版社，二〇〇九年，頁一五七

有一種「純詩」理論，主張詩與現實的絕緣。如同自然科學界的永動機設想一樣，「純詩」只是一個偽問題。詩人本身就是一種社會存在。而且，詩來自情動，情動又來自物感，足見外在世界無可爭議地是一切

抒情詩的最終本原。離開非詩美範疇就難以闡明詩美範疇，因為二者是如此的緊密相連。科學的提法是增加詩的純度，即增加「超出」程度，強化視點特徵。「純詩」和增加詩的純度是兩種對立的詩觀，只有以後者作為基石，才能真正把握抒情詩的主觀性特徵。

——呂進，《呂進文存・第二卷》，重慶：西南師範大學出版社，二〇〇九年，頁三一三

# 詩與真

詩總是樂於傾吐隱秘在自己胸中的悲歡。圓滑與世故都不應當是詩的品質。詩把讀者當做知心朋友，讀者才會把詩當做知心朋友；出自內心，才能進入內心。

——呂進，《呂進文存・第一卷》，重慶：西南師範大學出版社，二〇〇九年，頁六二

不真實的作品，在讀者群中得到的不是共鳴與感動，而是反感與抗拒。只有在詩中發現他熟悉、可信的心靈的時候，讀者的感情才會跟著詩人前行。

——呂進，《呂進文存・第一卷》，重慶：西南師範大學出版社，二〇〇九年，頁六六

沒有真實性、獨立性的感情，實際上就是沒有感情。詩沒有感情，就如同果樹不結果、書本沒有字、孕婦肚中沒有孩子，就不再是詩。

——呂進，《呂進文存・第一卷》，重慶：西南師範大學出版社，二〇〇九年，頁六九

在感情真實的詩中，某些合乎抒情邏輯的細節之「不真」恰恰反襯、強化了感情之真。對於詩來說，情不真，則儘管寫人繪景都「物盡其貌」，仍不免失之虛假。

——呂進，《呂進文存・第一卷》，重慶：西南師範大學出版社，二〇〇九年，頁三八五

媚俗者不是真正的詩人，只是詩壇上的商人；「無人賞，自鼓掌」者不是真正的詩人，只是他自己靈魂的諂媚者。

——呂進，《呂進文存・第一卷》，重慶：西南師範大學出版社，二〇〇九年，頁三八五

詩，不但是美的發現者，它尤其是美的創造者。詩的想像對生活現象進行分解拆卸和重新組裝，使詩中的一切在讀者面前既反常又尋常，既熟悉又陌生，從而獲得詩的真實。

——呂進，《呂進文存・第一卷》，重慶：西南師範大學出版社，二〇〇九年，頁四〇〇

# 詩與畫

「詩如畫」是人類藝術不成熟階段的產物，是詩歌本質尚未被充分把握的時代的產物。詩畫有相通處，但從根本上講，它們是異質的。這種異質表現在它們的內容、塑造的形象、塑造形象的媒介的極大差別。

——呂進，《呂進文存‧第一卷》，重慶：西南師範大學出版社，二〇〇九年，頁三九

從內容看，繪畫的主要內容是外在形象的藝術再現，它有留戀客觀事物外貌的傾向。繪畫著眼於客觀事物外貌的描繪，藝術家的內心情感要局限於、受制於這一描繪。詩歌則不然。詩歌的主要內容是詩人內心情感的直接抒發，它迴避精確描繪，客觀事物的表現是由詩中所抒之情暗示、折射出來的。

從內容看，詩與畫涇渭分明。雖然二者都離不開抒情美，但前者是更偏重主觀抒發的藝術，後者是更偏重客觀描繪的藝術；前者的旨趣更在精神世界，後者的旨趣更在物質世界。

——呂進，《呂進文存‧第一卷》，重慶：西南師範大學出版社，二〇〇九年，頁三九～四〇

塑造藝術形象以反映生活，這是一切藝術門類的共同品格。詩畫都不例外。

繪畫塑造的是客觀事物的視覺形象，它以客觀之「形」寫畫家之「神」。詩歌塑造的主要形象是詩人自己的形象，它訴諸想像而並不訴諸視覺。可以認為，詩是以詩人之「神」寫詩人之「形」，這種「形」具有不確定性。

——呂進，《呂進文存・第一卷》，重慶：西南師範大學出版社，二〇〇九年，頁四〇

詩歌有時（不是像古典詩論說的「總是」）也塑造景物形象，在詩中形成畫面。但這詩中之畫完全有別於畫中之畫。如果說，繪畫塑造的景物形象是視覺形象，那麼，詩歌塑造的景物形象則是視覺形象的流動——隨詩人之情的昂奮、低沉、中斷、疾飛而流動。換言之，繪畫描繪一片景象在空間中的鋪展，它採取同時並列的方式展開畫面；詩歌表現一連串景象在時間裏的持續發展，它採取先後承續的方式展開畫面。

——呂進，《呂進文存・第一卷》，重慶：西南師範大學出版社，二〇〇九年，頁四〇

繪畫塑造形象的媒介是色彩與線條，詩歌塑造形象的媒介是語言。色彩與線條，如同建築材料之於建築藝術，局限性較大。而語言這種媒介的自由天地開闊，它賦予詩歌以塑造各種深厚、複雜、微妙的抒情形象的契機。

即以色彩而言，詩歌也十分重視色彩的和諧性與豐富性。但是，詩歌用語言給詩歌形象塗上去的色彩有時只具有「情感價值」，它是「虛」的，而不具有「觀感價值」，它不是「實」的。所以，用繪畫眼光去對待詩中的色彩，就會過於執著於詩歌形象，而徬徨於詩歌的感情世界之外。

——呂進，《呂進文存・第一卷》，重慶：西南師範大學出版社，二〇〇九年，頁四二

詩是畫的「降低」——它要表現客觀現實，但不長於精細地描繪客觀現實；但它更是畫的「提高」：對於詩，直觀世界太局促了。它從畫中解放出來，從直觀的物質的狹小天地中解放出來，從貧乏的直觀的小溪奔向廣闊的感情大海。

——呂進，《呂進文存・第一卷》，重慶：西南師範大學出版社，二〇〇九年，頁四三

精細地描繪物體之美，這是繪畫的領域；充分地抒發物體美引起的主觀感受，這是詩的領域。再高明的詩人對畫家領域的侵犯都會帶來藝術的失敗：讀者在詩中永遠看不到繪畫中那種線條、色彩、形狀鮮明的物體，而只會看到一位「不守本分」的吃力不討好的詩人。

——呂進，《呂進文存・第一卷》，重慶：西南師範大學出版社，二〇〇九年，頁三八六

詩與繪畫在藝術精神上也有相通之處。但同樣的，二者之間也存在異質。繪畫尋求包孕性時刻，以表現時間的點（空間的面），它的最大難處在於缺少流動性。而詩卻是具象的抽象藝術，它擺脫了三維空間的束縛，在內時空中自由伸展。生活高出繪畫有多麼遠，詩在這裏也就高出繪畫多麼遠。

——呂進，《呂進文存・第二卷》，重慶：西南師範大學出版社，二〇〇九年，頁三一八

# 詩與音樂

音樂屬於單純的內心活動。它否定了視覺藝術的空間性，又對自己的聲音進行否定，雙重否定給予音樂表現無對象的內心活動以最大可能。音樂視點是內視點、抽象視點。詩與音樂明顯異質：詩是一次完成的（音樂是二次完成的）；詩的媒介不是單純的聲音（音樂的聲音直接成為目的）；詩使情感狀態得到具象化（音樂是抽象的）；等等。但詩與音樂都直接表現內心世界。二者的視點都是內視點、抽象視點，雖然詩的內視點、抽象視點不像音樂那樣純粹。描繪、敘述心靈體驗，遵循「情感第一」的原則，是詩的旨趣。

——呂進，《呂進文存・第二卷》，重慶：西南師範大學出版社，二〇〇九年，頁一五六

詩與音樂在藝術精神上有相通之處，但也有相異之處。音樂表現的是無對象的內心生活，或者說，它表現的是內心的抽象普遍性。音樂是抽象的，它的最大難處在於不可能自展現為客體。而詩憑藉文字媒介變成了抽象的具象藝術。

——呂進，《呂進文存・第二卷》，重慶：西南師範大學出版社，二〇〇九年，頁三一八

詩與音樂顯然的異質之處，是詩雖然尋求音樂美，但是它不是單純的聲音藝術。詩並不把聲音當做表達內容的唯一媒介或主要媒介，對詩來說，這一媒介是語言。聲音一經與語言結合，就由音調變成了語調。詩，並不只是，也不主要是聲音的優美迴環。詩的語言是義與音的交融，因此，詩所表達的情感內容就遠比音樂具有明確性。假如把音樂比喻成焦距不準的鏡頭攝下的景物，那麼，詩就是在焦距準確的鏡頭下的留影。

——呂進，《呂進文存・第一卷》，重慶：西南師範大學出版社，二〇〇九年，頁四六

詩是音樂的「降低」——它追求音樂美，但又比不上音樂的豐富與悠揚；但它更是音樂的「提高」：對於詩，一般的感情世界太空泛了。它從音樂中解放出來，給感情世界以更深邃、充實的內容和明確、清楚的外貌。

——呂進，《呂進文存・第一卷》，重慶：西南師範大學出版社，二〇〇九年，頁四六

西方美學家一般把藝術分為「空間藝術」與「時間藝術」。前者主要寫靜態，以色彩、線條作媒介；後者主要寫動態，以聲音作媒介。我們談的繪畫（也包括雕刻、建築藝術等）是「空間藝術」，而音樂（也包括舞蹈等）是「時間藝術」。詩，則能像「空間藝術」那樣表現客觀事物，又能像「時間藝術」那樣充分抒發主觀感情，它是具體形象與抽象普遍性的統一，「空間藝術」與「時間藝術」的統一。

——呂進，《呂進文存・第一卷》，重慶：西南師範大學出版社，二〇〇九年，頁四六～四七

詩的均齊有兩個方面：聽覺的和視覺的。也就是「頓」的整齊，行與行、節與節的對稱。中國民歌、古詩的傳統是格律詩的傳統。民歌也好，古詩裏的絕句、五律七律、五言七言也好，都是音頓相等，字數相同，十分整齊。

——呂進，《呂進文存・第四卷》，重慶：西南師範大學出版社，二〇〇九年，頁四七

對於中國詩歌，詩與音樂本來就保持著強烈的依存關係。在中國詩歌發展史上，「以樂從詩」（上古漢代）、「采詩入樂」（漢代至六朝）和「倚聲填詞」（隋唐以降）構成了一條發展的風景線。後來詩與音樂逐漸分離。這種分離以新詩的出現為極致——離開詩，音樂似乎發展得更好；離開音樂，詩在迷惑中走向探尋、開發與音樂相似的自身媒介的音樂性，而音樂性是詩的首要媒介特徵。但是，新詩不起於民間，離開了音樂，給自己帶來很大的局限性。古詩原有的音樂優勢沒有了。所以恢復和發展詩樂聯誼，是新詩傳播方式重建的重要使命。

——呂進，《呂進文存・第四卷》，重慶：西南師範大學出版社，二〇〇九年，頁二六〇

# 詩與散文

詩與散文在語言上走的是完全不同的路。一個是邏輯語言，一個是靈感語言；一個是辨事語言，一個是情人語言；一個是走路，有實用的目的，一個是跳舞，在原地打轉。

——呂進，《呂進文存・第四卷》，重慶：西南師範大學出版社，二〇〇九年，頁一三九

初看去，詩與散文的確是使用同一種語言，雖然詩的語言常常沒有詞典意義，只有自定義的意義；沒有觀感價值，只有情感價值；沒有表意功能，只有表情功能；沒有可述性，只有可感性。換一個角度，詩的語言的確又給人以別有洞天的感覺：總感覺它有些特別，有些異樣，雖然，它還是有著與散文語言相同的外貌。另外，詩與散文在語言上有層次之分，這歷來是一種共識。

——呂進，《呂進文存・第四卷》，重慶：西南師範大學出版社，二〇〇九年，頁一五九

如果說，散文是世界的反映，詩則是世界的反應。「反映」更具客觀性和邏輯性，「反應」更具主觀性和隨意性。和散文相比，詩最缺乏宏大敘事的本領。散文敘述世界，詩吟唱世界。散文的第一原則是情節，詩的第一原則是情感。散文具有較強的歷史反省功能，詩則以它對世界的情感體驗與心靈發現來證明自己的

優勢。散文作家將他對外部世界的感知在作品中還原為外部世界，使他的故事雖非實有之事，卻是應有之事；詩人卻是文明的原始人，開放五官的通感者，他的美學使命是化客觀為主觀，化事件為體驗，他的旨趣不在世界本來怎麼樣，而在世界在詩人看來怎麼樣——詩的世界是詩的太陽重新照亮的世界，它與現實世界有許多「不似」，它是以不似而似之的藝術；散文家將自己對外部世界的審美評價淹沒在敘事裏，詩卻是直接地將審美評價作為詩的內容；和音樂這種無語言的節奏相反，散文是無節奏的語言，而詩是有語言有節奏的藝術。

——呂進，《呂進文存・第四卷》，重慶：西南師範大學出版社，二〇〇九年，頁二五二～二五三

詩迴避散文視點。先以散文眼光打量世界，而後再從外在上給這打量以詩的裝飾，這不是真詩人。散文敘述外在世界，詩歌體驗外在世界。

——呂進，《呂進文存・第二卷》，重慶：西南師範大學出版社，二〇〇九年，頁一五六

散體文學「所見無非牛者」，詩「未嘗見全牛也」。「目無全牛」的原因，是「牛」被進行情感化、心靈花分解。然後，被詩進行綜合，其結果是從外形上不同程度地擺脫客觀實在的「牛」，詩忘形而得意。

——呂進，《呂進文存・第二卷》，重慶：西南師範大學出版社，二〇〇九年，頁一五七

散文要很好地描繪、敘述外在世界，在具象化過程中就要注重習以為常的生活邏輯和思維邏輯。而構成詩的結構的規律，本質上是非邏輯的。詩是主觀體驗，詩富夢幻色彩，它拒絕習見的邏輯，詩的一個妙處正

在於此。

——呂進，《呂進文存·第二卷》，重慶：西南師範大學出版社，二〇〇九年，頁一五九

文學語言有兩種：散文的和詩的。雖然二者都來源於生活語言，它們又有很大區別。我國古典詩論把詩歌語言稱為「詩家語」，指出它與散文有別，這頗有見地。一般地講，散文語言是敘述語言，理智語言；詩歌語言是抒情語言，靈感語言。前者因此更接近生活語言，而後者則是生活語言的更高程度的昇華，是散文語言的加強形式。

——呂進，《呂進文存·第二卷》，重慶：西南師範大學出版社，二〇〇九年，頁一七五

和散文相比，詩是以形式為基礎的文學。散文將作家的審美體驗化為內容，詩卻將詩人的審美體驗化為形式。詩不是詩人情感的露出，而是詩人情感的演出。演出是需要工具與技法的。

——呂進，《呂進文存·第三卷》，重慶：西南師範大學出版社，二〇〇九年，頁二八七

從審美思維與藝術選擇而論，詩與散文在審美視點上十分不同：前者偏向表現內心生活的音樂，後者鍾情再現外在世界的繪畫。也可以說，散文敘述世界，而詩體驗世界；散文以它較強的歷史反省功能顯示自己的優勢，而詩以它對世界的心靈反應證明自己的存在；散文展示外宇宙的豐富，而詩披露內宇宙的精微。

從構成方式和存在形式而言，詩與散文的藝術媒介十分不同。散文有文學語言作媒介，詩卻沒有現成媒介；詩以一般的語言組構獨特的語言方式。可以說，作為藝術品的詩是否出現，主要不在它「說什麼」，而

在「怎麼說」。離開獨特的語言方式，詩便不復存在。一般語言一經納入這種語言方式，就獲得了非語言化、陌生化、風格化的品格，由實用語言幻變為靈感語言。

——呂進，《呂進文存‧第三卷》，重慶：西南師範大學出版社，二〇〇九年，頁四三八

# 詩與禪

中國詩學與禪學從來相通。中國古論有許多說法。嚴羽在《滄浪詩話・詩辨》中說：「大抵禪道惟在妙悟，詩道亦在妙悟。……然悟有淺深，有分限，有透徹之悟，有但得一知半解之悟。」戴復古有一首詩：「欲參詩律似參禪，妙趣不由文字傳。個裏稍關心有悟，發為言句自超然。」詩禪相同也好，詩禪相似也好，都是在「悟」字上實現詩禪相通。禪學的核心就是「悟」，即「無明」（禪學用來指「人們自身心智的造做」的術語）之霧散盡之後的一種心境，一種特殊體驗。這種體驗是無言的，靜默的，「啞子吃蜜」，「如人飲水」的。中國詩學的核心也在這個「悟」字上。

——呂進，《呂進文存・第二卷》，重慶：西南師範大學出版社，二〇〇九年，頁二九四～二九五

「悟」是一種整體體驗。所以，中國詩學不像西方詩學那樣去將詩歌作分解的概念的剖析。中國詩學的「悟」，是不用公式和概念去破壞那無言的體驗。它力求使詩保持為詩，讓詩的魅力在「悟」中更加妙不可言，而不是相反。「悟」是審美主體與審美客體的一種融合，是詩學家進入詩的內部化為詩本身。

——呂進，《呂進文存・第二卷》，重慶：西南師範大學出版社，二〇〇九年，頁二九五

由於在以瞬間頓悟為特徵的思維方式、非邏輯性的表達方式和非功利性的價值取向上的親密，在悟境上的相同尋求，詩與禪靠得很近。在中國，禪宗史和詩歌史的軌跡幾乎同步。陸游的《贈王伯長主簿》說：「學詩大略似參禪，且下功夫二十年。」明僧普荷說：「禪而無禪便是詩，詩而無詩禪儼然。」但是，頓悟之後，禪一般「不立文字，以心傳心」（不得不記錄的師徒間傳教悟道的故事的傳燈錄和語錄，稱為公案）。詩卻必須托諸文字。

——呂進，《呂進文存・第四卷》，重慶：西南師範大學出版社，二〇〇九年，頁一五七

在這爭名於朝、爭利於市、人情似紙的世俗世界，禪意太寶貴了。富有東方智慧的詩人站在高處體悟世界：見山是山，見水是水；見山不是山，見水不是水；見山又是山，見水又是水。

——呂進，《上善若水》，《重慶晚報》二〇一一年，三月十三日

從生成過程來看，詩有三種：詩人內心的詩，紙上的詩，讀者內心的詩。因此，詩的傳播就是從（詩人）內心走進（讀者）內心。詩人內心的詩是一種悟，是無言的沈默。在這一點上，詩和禪相通。禪不立文字，詩是文學，得從心上走到紙上，以言來言那無言，以開口來傳達那沈默。這是詩人永遠面對的難題。

——呂進，《呂進文存・第四卷》，重慶：西南師範大學出版社，二〇〇九年，頁一五七

詩是無言的靜默，是只可意會的體驗。在這一點上，詩與禪是相通的。但詩人不能像禪家那樣在「悟」上駐足，他在「忘言」之後還得尋言。西諺說：「語言是銀，沈默是金。」如果不能將「銀」提煉為

「金」，就不能稱為詩人了。錢鍾書《談藝錄》講得甚為透闢：「了悟以後，禪可不著言說，詩必托諸文字」，「非言無以寓言外之意；水月鏡花，固可見而不可捉，然必有此水而後月可印潭，有此鏡而後花能映影」。

——呂進，《呂進文存・第二卷》，重慶：西南師範大學出版社，二〇〇九年，頁三九七～三九八

老子學說的精華在「人統」，他以正確方式處理複雜的人生難題的智慧和樸素方略，對於當代社會仍然具有非凡的穿透力。精神迷失的人們特別願意回望老子。老子的哲學可以說是水的哲學，老子對於人的修養提出要以水做榜樣，就是「上善若水」。

——呂進，《上善若水》，《重慶晚報》二〇一一年三月十三日

# 詩的情感

詩屬於情感，詩屬於體驗，詩屬於內心。如果說，散文在反映人生，詩就在反應人生：詩特別不留戀事態，它從事到情，化外在世界為心靈世界，化客觀世界為主觀世界。古希臘語中的「詩」字的原意就是「給萬物命名」，詩人從現實世界走來，給我們的卻是詩的太陽重新照亮的世界。經過詩化處理，在詩歌裏，詩人這個創造者成了自己的創造品。

——呂進，《呂進文存・第四卷》，重慶：西南師範大學出版社，二〇〇九年，頁一三八

與散文作品不同，詩特別注目於人的內心世界。對詩人來說，所謂深入生活，也包括了深入人們的內心，即敏銳地把握現實世界在人們內心世界激起的種種反響；所謂生活「儲蓄」，也包括了人們心靈的色彩、線條、聲響的「儲蓄」。

——呂進，《呂進文存・第一卷》，重慶：西南師範大學出版社，二〇〇九年，頁六四

由於詩不是敘述生活而是歌唱生活的，感情就是詩的主要內容，抒情美是詩的內容本質。感情要有所依。形象，使感情具象化、可感化。所以，形象也是詩的內容的組成部分。

——呂進，《呂進文存・第一卷》，重慶：西南師範大學出版社，二〇〇九年，頁六一

真實的感情總是具體的、獨特的。它是獨立的，不是缺乏個性的。換句話說，虛假的感情總是抽象的、空泛的。它是雷同的、沒有個性的。

——呂進，《呂進文存・第一卷》，重慶：西南師範大學出版社，二〇〇九年，頁六六

感情的獨立性表現在善於發現「異」：能言人之未言；長於表現「異」：善言人之難言。

——呂進，《呂進文存・第一卷》，重慶：西南師範大學出版社，二〇〇九年，頁六七

在其他文學樣式中，形象在美的領域占統治地位。在詩美領域占統治地位的，卻是情感。在詩的天平上，情感性重於形象性。

——呂進，《呂進文存・第一卷》，重慶：西南師範大學出版社，二〇〇九年，頁七三

在詩裏，如果沒有情感，詩中的景物形象就「樹倒猢猻散」了。

——呂進，《呂進文存・第一卷》，重慶：西南師範大學出版社，二〇〇九年，頁七四

在詩裏，沒有獨立於感情之外的思想。因為，詩主要是人與人之間感情交往的手段，而不是理智交往的手段。它主要不是以理服人，而是以情動人。感情，構成詩的審美特性的主要特徵。離開這一主要特徵，就是哲學的思想，科學的思想，而不是詩的思想。

——呂進，《呂進文存・第一卷》，重慶：西南師範大學出版社，二〇〇九年，頁八一

詩就是詩人審美感情的體現。正是感情，使一首詩從第一個字到最末一個字都活躍起來。

——呂進，《呂進文存・第一卷》，重慶：西南師範大學出版社，二〇〇九年，頁三二六～三二七

詩是認識的非理性形式。詩主要不是人與人之間理性交往的手段，而是感情交往的手段。不懂得抒情美，便從根本上不懂得詩美。小說或戲劇文學的尺子，哲理和邏輯學的尺子，都是不配用來丈量詩歌的。

——呂進，《呂進文存・第一卷》，重慶：西南師範大學出版社，二〇〇九年，頁三二八

詩的創作過程通常是：生活——感情——感情。詩，把生活在詩人心中喚起的感情作為回憶、審視、再體驗、提煉、描寫的對象。對象化的感情是詩的創作過程的終點，是詩的直接內容。原型的感情經過詩人加工飛躍為典型化的感情，這種感情一經納入詩的形式與規範，一首詩便誕生了。感情不僅僅是從生活到詩的仲介。詩從感情去認識現實，以感情去反映現實。

——呂進，《呂進文存・第一卷》，重慶：西南師範大學出版社，二〇〇九年，頁三三八

在詩裏，形象、詩律、語言都是圍著感情轉的，都是感情的凝固。感情，是詩歌形象的雕塑師。「一切景語，皆情語也」。感情，是詩歌樂章的指揮者。「嗟歎之不足故詠歌之」。感情，是詩歌語言的母親。「情見乎辭」，「言為心聲」。

——呂進，《呂進文存・第一卷》，重慶：西南師範大學出版社，二〇〇九年，頁三三八～三三九

感情世界是主觀的世界，是「情人眼裏出西施」的世界，是「聽於無聲，視於無形」的世界，是「妙想遷得」的世界。可以說，在創作過程中，詩人在睜著眼睛做夢。他並不黏著於客觀事物，而是「詩言我情」。

——呂進，《呂進文存・第一卷》，重慶：西南師範大學出版社，二〇〇九年，頁三四〇

從擅長於主觀抒情的角度說，詩是「熱」的產物，所謂「情動而辭發」，「憤怒出詩人」；從忠實於客觀現實的角度說，詩又是「冷」的產物，所謂「回憶起來的激情」。只「熱」不「冷」，詩就會變成高燒病人的胡話和夢囈，談不上什麼詩美。只「冷」不「熱」，詩的靈感就不願光臨。

——呂進，《呂進文存・第一卷》，重慶：西南師範大學出版社，二〇〇九年，頁三四一

詩，是詩人審美感情的體現。在生活中，詩人有所「情動」，通過詩歌形象使「情」客觀化，又通過「詩家語」表現出來。感情——形象——語言，這就是詩歌（也是一切樣式的文學）由「情」到「文」的具

體創作過程。

詩歌欣賞過程在順序上恰與詩歌創作過程相反，它是由「文」到「情」，即「披文以入情」。欣賞者首先是理解「詩家語」，然後通過自己的想像把握詩歌形象，最後受到詩情的感染。語言——形象——感情，這就是詩歌（也是一切樣式的文學）由「文」到「情」的欣賞過程。

——呂進，《呂進文存‧第二卷》，重慶：西南師範大學出版社，二〇〇九年，頁一九

詩歌的形式也是詩歌欣賞的一個內容。情感並不就是詩，情感只有納入詩的規範與形式，才能成為詩。沒有形式，詩情就沒有存在的方式。

——呂進，《呂進文存‧第二卷》，重慶：西南師範大學出版社，二〇〇九年，頁二八

抽象情思與具象意象的統一，正是詩之所以能成為人類藝術發展高峰的重要美學原因。以為詩歌走向世界就是走向抽象，就取消了詩歌藝術的價值標準，將詩降格為實用裝飾藝術。

——呂進，《呂進文存‧第二卷》，重慶：西南師範大學出版社，二〇〇九年，頁三一二

# 詩的意象

詩人將外在現實化為主觀情思，爾後又需要將主觀情思化為意象，再將這意象通過特殊的媒介傳遞給讀者。

對外在現實的審美觀照產生審美對象，對審美對象的審美觀照產生意象（也可譯作心象）。

主觀情思之所以必須轉化為意象，是有兩個原因的。第一個原因就是抽象的情思只有轉化為具象的意象才能具有詩的藝術有效性。直接的情思宣洩決不構成藝術，也不構成詩。詩人的最大的藝術失措就是直接說出情思的名稱。

主觀情思必須轉化為意象的第二個原因，是只有意象才能盡意。主觀情思很難用語言表達，更難用語言細緻入微地表達，所謂「書不盡言，言不盡意」，所謂「常恨言語淺，不及人意深」。但是，詩又恰恰是心之精微，這就造成了難題。於是，詩人就尋求意象的幫助，以「不言出」來戰勝「言不出」和「言不盡」。所以《周易・繫辭上》在說了「書不盡言，言不盡意」之後又說「立象以盡意」。

——呂進，《呂進文存・第二卷》，重慶：西南師範大學出版社，二〇〇九年，頁三一七～三一九形象是形似之象，產生於按照事物的實在外表進行審美觀照的造型藝術。意象是神似之象，產生於詩的想像，是內心觀照的產物。意象核心在「意」。象化於意，象生於意。如清代學者紀昀所說：「意象所在，方圓隨生。」多言意象，是中國詩歌重「表現」的一個證明。

——呂進，《呂進文存‧第四卷》，重慶：西南師範大學出版社，二〇〇九年，頁一一二

在絕大多數詩篇中，通過詩中表現的詩人之「神」塑造出了詩人之「形」；或喜或悲，或豪放或沈鬱，或血氣方剛，或蒼老力衰。

——呂進，《呂進文存‧第一卷》，重慶：西南師範大學出版社，二〇〇九年，頁七一

詩歌抒發的感情必須是美的。因此，詩歌形象也必須是能夠喚起美感的形象，是能給讀者以美的享受的形象。即使抒發的是痛苦、愁悶、悲傷、憤怒，也應當「滲透」進「甜蜜的聲音」，讓它洋溢著詩的情味。

——呂進，《呂進文存‧第一卷》，重慶：西南師範大學出版社，二〇〇九年，頁七四

景物形象能使詩人之情客觀化、對象化、具體化，並幫助塑造抒情主人公形象。所以，我國古典詩論忽略抒情主人公形象塑造，是不可取的；但是強調情與景交，神與象會，思與境偕，又是很正確的。

——呂進，《呂進文存‧第一卷》，重慶：西南師範大學出版社，二〇〇九年，頁七一

詩中一切景物形象都由詩人的主觀感情而生發出來。因此，它們往往缺乏散文作品中的景物那種客觀的現實的聯繫。它們是通過詩人的情感才在彼此之間發生了聯繫。

——呂進，《呂進文存·第一卷》，重慶：西南師範大學出版社，二〇〇九年，頁七三

詩是美的發現者，美的創造者。即使是醜的形象也要經詩人美的情感刷洗，變成「醜而不醜，不醜而醜」的有美學價值的詩歌形象。

——呂進，《呂進文存·第一卷》，重慶：西南師範大學出版社，二〇〇九年，頁七五

詩用生動的形象，而不是用抽象概念，來表達思想內涵。思想滲透詩，滲透美妙的詩歌形象。但詩一般不搞借形見義，而是讓形象本身給予讀者以思考，讓形象本身所含有的哲理自然地被讀者所把握。

——呂進，《呂進文存·第一卷》，重慶：西南師範大學出版社，二〇〇九年，頁八一～八二

描述性意象來自詩人的感官印象，它更接近客觀世界的實象。可以說是「鏡中形」。當然，意象無論和客觀世界的實象接近到什麼程度，它一定要充盈詩人的飽滿、新鮮的「意」，否則就不成其意象了。

——呂進，《呂進文存·第二卷》，重慶：西南師範大學出版社，二〇〇九年，頁三八二

虛擬性意象並不是詩人實際的感官印象，而是昔日的感官印象（目之所見，別人的敘說，書籍，戲劇……）的沉澱、復甦與組合。它是「燈下影」。描述性意象飽含詩人的創造，虛擬性意象的創造性是在更

加顯眼的形式中表現出來的，它是詩人展開或濃縮的記憶。

描述性意象是以心觀物，虛擬性意象是化心為物；描述性意象是物因心變，虛擬性意象是緣心造物；描述性意象是具象的抽象，虛擬性意象是抽象的具象；描述性意象是現實的心靈化，虛擬性意象是心靈的現實化；描述性意象以物為中心，放落「我」心，以天地為心，虛擬性意象以心為中心，世界是靈魂的探險。

——呂進，《呂進文存‧第二卷》，重慶：西南師範大學出版社，二〇〇九年，頁三八四～三八五

# 詩與詩人

就其本質而言，詩是詩人的本真存在的言說，它和現實總是有距離，它是詩人對現實的主觀反應。詩人與其說關心現實怎麼樣，不如說，詩人更關心現實在他看來怎麼樣。詩是內心的音樂：出自（詩人）內心而進入（讀者）內心。

——呂進，《呂進文存・第四卷》，重慶：西南師範大學出版社，二〇〇九年，頁一四一

所謂「詩人」，就是忠實於自己的體驗的；他們不寫自己真實的心靈顫動以外的東西；所謂「寫詩的人」，就是無感而發的，他們「為賦新詞強說愁」。

——呂進，《呂進文存・第一卷》，重慶：西南師範大學出版社，二〇〇九年，頁六四

詩是作品與作者人品關係最緊密的語言藝術。在詩中，展覽著詩人的心靈，顯示著詩人的信仰、追求和對現實世界的審美評價，所以，詩品與人品是一個有機體。伊薩柯夫斯基說過：「在詩人的詩裏面，不但他的作詩技巧，不但他的善於用詩的形式敘述不同的生活現象的本領必然要表現出來，同時詩人本人的性格、他的個性和他個人的品質也要在它們裏面表現出來。」他說的就是詩品與人品的關係。

——呂進，《呂進文存・第一卷》，重慶：西南師範大學出版社，二〇〇九年，頁一三九

一類詩人的審美注意更多的是在外在世界。但他們是從內視點去給世界以關注的。外在世界的真相暫時被置於注意中心之外，或置於注意中心的邊緣。詩人「以心擊物」，「物」在「心擊」之下變聲、變色、變味、變形了。詩人尋找的是真趣。而詩的真趣正是在藝術地使真相陌生化中得到顯現的。對於詩人來說，重要的不是觀，而是觀感；不是世界本身如何，而是世界看起來怎樣。內視點興奮，而外視點被負誘導規律所抑制，出現於讀者面前的是心靈太陽重新照亮的世界。

另一類是自畫像詩人。他打量自己，吟詠自己，探索自己。創作主體成為自己的創作對象，創造者成為自己的創造品。自畫像詩人通過把握自己去把握別人，出自內心而進入內心，視點的內化、抽象化是明白無誤的。

兩個詩人類型的審美注意不同，視點卻是相同的。內視點決定了作品對詩的隸屬度，或者說，內視點決定了一首詩的資格程度。

——呂進，《呂進文存・第二卷》，重慶：西南師範大學出版社，二〇〇九年，頁一五六～一五七

做詩是奇異易，平淡難。平淡的詩，「看似尋常最奇崛，成如容易卻艱辛」。古論說：「作詩無古今，欲造平淡難。」平和，淡遠，是詩的高格。平淡，往往是一位詩人成熟的象徵。

——呂進，《呂進文存・第四卷》，重慶：西南師範大學出版社，二〇〇九年，頁一〇一

詩學的精髓，如果要用一個字概括，我以為就是「情」字；詩人的職業如果要用一個詞概括，我以為就是「情人」——生活的情人，時代的情人，歷史的情人，世界上一切有情人的情人。

——呂進，《呂進文存・第四卷》，重慶：西南師範大學出版社，二〇〇九年，頁一二一

一位詩人沒有代表作是很大的悲哀。寫了一輩子，在詩人群裏、在詩歌史上你究竟是誰呢？詩人有了代表作，就有了詩學面貌，有了藝術生命，有了人文密碼，有了詩史座位。

——呂進，《呂進文存・第四卷》，重慶：西南師範大學出版社，二〇〇九年，頁一三三

詩是表現，詩更是發現，詩是對人生的驚奇。在黑暗裏發現光亮，在平靜裏發現激情，在冬日裏發現春天，在生活裏發現詩，就需要詩人，需要他們發現詩的敏感的眼睛，需要他們表現詩的智慧的手腕。

——呂進，《呂進文存・第四卷》，重慶：西南師範大學出版社，二〇〇九年，頁一三七～一三八

詩，是詩人笑出來或哭出來的，是笑聲的凝結，淚珠的閃光。

——呂進，《呂進文存・第一卷》，重慶：西南師範大學出版社，二〇〇九年，頁三三七

詩離不開文化。進而言之，詩人應當是文化人。再進而言之，詩人應當是自己民族、自己時代文化的最高代表。

——呂進，《呂進文存・第三卷》，重慶：西南師範大學出版社，二〇〇九年，頁一〇五

詩與詩人之間必有縫隙，否則，詩就不是藝術。詩絕不僅僅是詩人，只有詩人個人身世感的作品對於詩的隸屬度是不高的。

——呂進，《呂進文存・第三卷》，重慶：西南師範大學出版社，二〇〇九年，頁三〇一

# 詩的言說方式

所謂詩的語言方式，就是詩獨特的用詞方式、語法規範和修辭法則。具體說來，一般語言在詩中成為內視語言，靈感語言，實現了（在散文看來的）非語言化、陌生化和風格化。

——呂進，《呂進文存・第二卷》，重慶：西南師範大學出版社，二〇〇九年，頁三二七

非語言化，就是詩歌語言的意味強化，意義弱化；它的體驗功能發展到最大限度，交際功能退化到最大限度；它由推理性符號轉換為表現性符號。

當然，無論如何「弱化」和「退化」，一首詩歌終究是帶有語義性的，它的語言是義與音的交融，這正是詩之為詩的一個特質。

——呂進，《呂進文存・第二卷》，重慶：西南師範大學出版社，二〇〇九年，頁三二七

陌生化，就是詩歌語言對散文語法與修辭規範的拋棄，或者說，就是詩歌語言遵循自己獨特的語法與修辭規範。

詩是語言的超常結構，它是對一般語言的語法結構和修辭法則的創造性破壞。於是，人們從用慣了、用濫了的一般語言產生的遲鈍效力中得到解脫，在對語言的陌生感中敏銳自己的美感。

——呂進，《呂進文存・第二卷》，重慶：西南師範大學出版社，二〇〇九年，頁三二八～三二九

風格化，就是詩歌語言獨立價值的實現。應該說，一般語言具有「反語言」特徵。語言過程是一般語言自我消滅的過程。使用一般語言有如走路，有明確的目的地，只要到達，怎麼走都行。而一經走到目的地，走路本身便被遺忘，後果消滅了手段。在人們的語言交往中，人們跳過語言去捕捉語義。而在詩歌這裏，情況就頗為不同。語言在詩中的地位遠比在散文中顯赫。它不再僅僅是一種交際工具，而是要求讀者不斷注意到語言自身。運用詩歌語言有如跳舞，跳舞不是要走到哪里去，它本身就是目的。

——呂進，《呂進文存・第二卷》，重慶：西南師範大學出版社，二〇〇九年，頁三三〇

詩歌有非語言化、陌生化和風格化的語言，它拒絕散文語言的價值標準，它在內視世界裏活躍，因此，它是自由的藝術。但是，詩歌語言卻是很不自由的語言。可以說，詩憑藉語言媒介成了最自由的藝術，但是語言卻由於成為詩的媒介而成了最不自由的語言。因為詩是主觀體驗，它既不能運用情節的懸念來引動讀者的好奇心，又不能有一個完整的故事，使讀者可以斷斷續續地閱讀，所以，詩在篇幅上所得到的自由權利在所有文體中是最小的。另外，詩歌語言雖然偏離了散文規範，但是它又必須遵循詩的規範，簡單地講，它同時受制於表情系統、表音系統和表形系統，必須滿足這三個系統的要求。這種極端的自由與極端的不自由的統一，就是詩歌語言，中國從王安石開始，叫「詩家語」，西方叫poetic diction，蘇聯人叫

стиховая речь。

——呂進，《呂進文存・第二卷》，重慶：西南師範大學出版社，二〇〇九年，頁三三二

詩是人的本真存在的言說。詩是無言的沈默。所以，詩的本質是言無言：以言傳達不可言，以不沈默傳達沈默。否定詩的傳達性，就等於否定詩的可鑑賞性。詩人在創作時可能是「肉眼閉而心眼開」，處於做夢的狀態中，但是傑出的詩永遠是清醒而睿智的。所以，詩無法依賴一般的語言，它靠一般語言的缺陷而存在。

——呂進，《呂進文存・第四卷》，重慶：西南師範大學出版社，二〇〇九年，頁三九

正因為一切景物形象受制於詩人之情，所以，常常有這樣的詩歌現象，詩表現什麼，並不就描寫什麼；詩描寫什麼，不一定就是表現什麼。

——呂進，《呂進文存・第四卷》，重慶：西南師範大學出版社，二〇〇九年，頁八二

情感狀態最不宜於直接說破，破則無味；情感狀態也往往難以說破，讓意含於象或境，讀者從美觀中，獲得的情感體驗，就是原生態的、鮮活的、豐富的。

——呂進，《呂進文存・第三卷》，重慶：西南師範大學出版社，二〇〇九年，頁一一六

但詩終究是文學之一體，它不能像禪那樣不立文字，它得從心上走向紙上，言破無言，以開口傳達沈默。這是詩遇到的一個永恆難題。一般語言難當此任。因為在心靈世界面前，在體驗世界面前，一般語言總是顯得捉襟見肘。準確地講，人們在日常生活中和寫詩時所用的語言並無不同。有些人以為詩歌語言是一種獨特語言，所以在語言的尋奇覓怪上下工夫，這是一種寫詩幼稚病。兩種語言的區別其實在於言說方式。以「不說出」克服「說不出」，善用一般語言（常常是淺近語言）組成詩的言說方式，這才是大手筆。所以古人有「常語易，奇語難，此詩之初關也。奇語易，常語難，此詩之重關也」的說法。

——呂進，《呂進文存·第三卷》，重慶：西南師範大學出版社，二〇〇九年，頁二七〇

詩的言說方式從語彙、語法、修辭等方面都與散文的言說方式不同。其中之一就是詩的語言最講經濟。因而，清洗雜質是詩的天職。如果說，在上一講中，我們講的是詩的內蘊的清洗的活，那麼，現在就是講詩的語言對散文雜質的清洗。這種清洗對自由詩特別重要。以為自由詩享有隨意漫步的「自由」，乃是對自由詩的誤讀。這一「誤」，已給新詩帶來長期的損害。

——呂進，《呂進文存·第三卷》，重慶：西南師範大學出版社，二〇〇九年，頁二七

詩的言說方式同樣是至法無法的，但歸納起來，也可以看到三種比較常見的方式。

第一種是自白式。從心物關係來說，就是以心觀心，詩人追求的是心靈的心靈化，是抽象的抽象。詩人返躬內視，自己的心靈又成為自己的觀照對象，創造者成了自己的創造品。自白式的詩要成為藝術品，就有一個從原生態心靈向無名性、普視性心靈的昇華的過程。出自（詩人）內心，進入（讀者）內心，是自白式

言說方式的最佳藝術效果。

第二種是詠物式，從心物關係來說，就是以心觀物，詩人追求的是現實的心靈化，是具象的抽象。詩人以心擊物，使物皆著「我」之色彩，也就是說，外在世界被詩人進行了心靈化加工。於是，物因心變，變得似而不似，不似而更似。詩人好像是第一個來到人間的人，驚奇而激動，他給世界萬物命名，詩中的世界是心靈太陽重新照亮的世界。

第三種是擬人式。心物關係來說，就是化心為物，詩人追求的是心靈的現實化，是抽象的具象。詩人緣心造物，詩中之物往往有不同程度的變形。

——呂進，《呂進文存‧第三卷》，重慶：西南師範大學出版社，二〇〇九年，頁二七二～二七三

如果說散文作家將自己的審美體驗化為內容，那麼，詩人就是將自己的審美體驗化為言說方式，化為詩體。從一個視角考察，中國詩史就是一部言說流變史，就是詩作流變史。

——呂進，《呂進文存‧第三卷》，重慶：西南師範大學出版社，二〇〇九年，頁三二七

# 詩家語

詩從其他語言那裏借用媒介。從外觀看，二者似乎同一；實際上，「借」就是質變的過程。同樣的語言一經納入詩的句構，審美功能就發生變化，實現了（在散文看來）非語言化、陌生化和風格化。韋勒克、沃倫說得很形象：「詩是一種強加給日常語言的『有組織的破壞』。」「借」就是「破壞」。沒有「破壞」，詩就尋覓不到自己的媒介。

首先，是「破壞」詞義。詩歌語言是特殊語言，它的交際功能已經退化到最大限度，它的抒情功能已經發展到最大限度。憑藉詩中前後語言的反射，日常語言就披上了詩的色彩，蘊涵了詩的韻味，變成情人語言（而不是辦事語言）。

其次，是「破壞」語法，優秀散文作品的語言往往成為語法教科書的例證。而詩歌語言卻不太遵從散文語法，從散文角度看，詩是違「法」的語言。如果散文語言是淙淙流水，詩歌語言就是相互遙望的星星。在字詞的位置上，詩歌語言也被「破壞」了。獨特而陌生的字詞順序，閃射著詩的光彩。

「破壞」的結果，產生了特殊語言，中國人稱為「詩家語」，西方人叫作「poetic diction」。詩的構思過程是：詩人尋思，詩思尋言。沒有後者，詩思就不能物態化和定型化。或者，詩的構思過程，是心靈體驗與日常語言碰撞獲得靈感語言的過程。

——呂進，《呂進文存・第二卷》，重慶：西南師範大學出版社，二〇〇九年，頁一六四～一六六

一般的語言，一經納入詩的言說方式，它的審美特性、審美功能以及詞義、語法、修辭就發生了質的變化。一方面，這種言說方式能夠傳達內心世界，一首詩能否最後生成，取決於詩人運用詩的言說方式的成功程度；另一方面，這種言說方式具有很強的自指性——它就是讀者的主要鑑賞內容，人們跳過散文語言，走向散文敘述的內容；而在詩這裏，詩歌語言會不斷提醒人們主要應注意自己的存在，讚歎自己的美麗；詩不是情感的「露出」，而是情感的「演出」，讀詩，其實主要就是讀詩的語言。詩人與其注意傳達什麼情感，不如說他更注意怎樣傳達情感，更注意讓一種情感如何在一種詩的光環中呈現於讀者面前。詩的這種言說方式，宋代詩人王安石就叫「詩家語」——既聯繫於又區別於散文語言的詩歌語言。

——呂進，《呂進文存・第四卷》，重慶：西南師範大學出版社，二〇〇九年，頁一五九

它常常是不合法的。詩依靠散文語言的缺陷而存在。別林斯基在《論文學》裏說過：「樸素的語言不是詩歌獨一無二的確實標誌。但是，精確的語法卻永遠是缺乏詩意的可靠標誌。」詩家語常常不遵循散文語法。應當說，它違反語法標準的方式越多，它的語言中的可能性就越大。

——呂進，《呂進文存・第四卷》，重慶：西南師範大學出版社，二〇〇九年，頁一六一

它常常是不講理的。文善醒，詩善醉。詩家語是與現實世界絕緣的醉中語，「無理而妙」是古代詩論的

重要命題。而且古人說，越無理而越妙。所謂「無理」，就是違反習以為常的生活邏輯和思維邏輯，也就是通常情況下的反常。所謂「妙」，就是在「無理」中更強烈地表現出來的詩味與詩美。

——呂進，《呂進文存・第四卷》，重慶：西南師範大學出版社，二〇〇九年，頁一六二

它常常是不說話的。至言無言，詩是將可述性的意義降低到最大程度的藝術，它又是將可感性的詩質提升到最純程度的藝術，它樂於描寫人的心靈狀態和情感生活，卻不樂於、也不長於描寫外界事物和外部世界，對於講故事說情節，它幾乎不講話。就是在敘事詩裏，它的目光似乎也並不在故事。

——呂進，《呂進文存・第四卷》，重慶：西南師範大學出版社，二〇〇九年，頁一六三

詩人的「心眼」可以依照自己的抒情邏輯將外部世界重新組合，但是，詩家語又因為詩擁有最大自由而成為最不自由的語言。這是因為，詩家語在情感世界、內心世界面前是蒼白的，它不能說破情感的名稱，它必須「詩出側面」，指引讀者走進詩的世界；詩家語要受詩律的控制——音樂是無語言的節奏，散文是無節奏的語言，而詩是有節奏的語言，詩律是確認詩的隸屬度的重要尺度；詩家語還要受到篇幅的控制——詩沒有情節，不能像散文那樣設計「懸念」來吸引讀者，它在篇幅上得到的權利在所有文學樣式中是最小的。

——呂進，《呂進文存・第四卷》，重慶：西南師範大學出版社，二〇〇九年，頁一六四

把握詩家語一般來說有三個階段。清人李重華《貞一齋詩說》說得好：「詩求文理能通者，為初學言之也；詩貴修飾能工者，為未成家言之也。其實詩到高妙處，何止於通？到神化處，何止求工？」也就是說，

像散文那樣尋求「文理能通」不行，而外露的技巧更是詩的一大忌。宋代吳可《藏海詩話》有言：「凡妝點者好在外，初讀之似好，再三讀之則無味。」高超的詩家語不屑理會散文「文理」，拒絕外露技巧，而是「絢爛之極，歸於平淡」（蘇軾）的。詩家語的最高境界是：讓語言從推理性符號轉換為表現性符號，意味走出，意義後退，以最普通的語言構築起最不普通的言說方式。

——呂進，《呂進文存‧第四卷》，重慶：西南師範大學出版社，二〇〇九年，頁一六四

詩家語來自一般語言，又高於一般語言。它們「言在意外」，「計白為墨」，比一般語言更精練，容量更大，張力更強，留給讀者的想像空間更寬。

——呂進，《呂進文存‧第四卷》，重慶：西南師範大學出版社，二〇〇九年，頁四六

近年有人主張「口語詩」，這更是對精練的褻瀆。口語是可以入詩的。但這是經過詩的藝術處理的口語，這是注入了詩美靈魂的口語，這是「詩家語」的口語。拒絕詩化加工的「口語詩」實際是「口水詩」，放棄了語言的提升，拒絕了詩的美質，最後把詩變成了非詩。

——呂進，《呂進文存‧第四卷》，重慶：西南師範大學出版社，二〇〇九年，頁四七

詩家語務求脫俗。循習陳言，規摹舊作，必無佳構。但故意追求險字，用語扭捏作態，這也不是「脫俗」，而正是詩家欲「脫」之「俗」中的一種。

——呂進，《呂進文存‧第一卷》，重慶：西南師範大學出版社，二〇〇九年，頁三九〇

詩家語的特點是德國學者黑格爾所說的「清洗」。詩的內蘊要清洗，詩家語也要清洗。清洗雜質是詩的天職。詩是「空白」藝術。高明的詩人善於以「不說出」來傳達「說不出」。詩不在連，而在斷，斷後之連，是時間的清洗。詩在時間上的跳躍，使詩富有巨大的張力。

——呂進，《「詩家語」的審美》，人民日報，二〇一〇年十一月十六日

詩是語言的超常結構，語言在詩中的地位就遠比在散文中顯赫。瓦雷里有句名言：「正如走路和跳舞一樣，他會區別兩種不同的類型：散文與詩。」走路，有明確的目的地，只要到達就行，怎麼走也可以。而一經走到目的地，走路本身便被遺忘：後果淡化了手段。跳舞得遵循舞步，自由十分有限。而且跳舞本身就是目的。熟練的舞者不會為舞步所束縛，相反，他變束縛為自由，獲得優美的舞姿。語言既是詩的手段，又是詩的目的。它本身就是詩歌讀者的主要鑑賞內容。像詩這樣以語言為目的之一的文學，自然也就具有強烈的民族性和不可轉述性，具有抗譯性——不但是不同語言的翻譯成為不可能（詩的要求和翻譯的要求不可能完美統一），就是將中國詩歌從古詩譯為現代漢語也難乎其難。

語言的超常結構，這是詩的重要文體特徵。用散文語言去裁判詩，就會胡亂「判案」；用散文語言去寫詩，就會讓詩失去詩的魅力和詩的價值。質言之，散文語言根本就寫不出詩，如同沒有自己的媒介就沒有各種門類的藝術一樣。

——呂進，《呂進文存‧第二卷》，重慶：西南師範大學出版社，二〇〇九年，頁一六六～一六七

「言為心聲」，「情見乎辭」。只有「詩家語」才能使詩人「情動於中」時的所感所思物質化、外觀化和成型化。在詩歌創作過程中，「尋詩」離不開「尋言」。你想寫出一首優秀的詩，你就得在尋覓「詩家語」上下一番工夫。

——呂進，《呂進文存‧第二卷》，重慶：西南師範大學出版社，二〇〇九年，頁二〇四

詩家語在生成過程裏，詩人有三個基本選擇。第一，是詞的選擇。詩表現的不是觀，而是觀感；不是情，而是情感。詩的旨趣不是敘述生活，而在歌唱生活。所以詩傾吐的是心靈的波濤，而落墨點卻往往是引起這一波濤的具體事象。第二，是組合的選擇。在詩這裏，詞的搭配取得很大自由。這種組合根本不依靠推理邏輯，而是依靠抒情邏輯，尤其是動詞與名詞的組合常常產生異常的詩的美學效應第三，是句法的選擇。優秀的詩在句法上都是很講究的，許多名句和句法的選擇分不開。從散文的眼光看，詩句好像不通，其實妙在不通。

——呂進，《「詩家語」的審美》人民日報，二〇一〇年十一月十六日

# 詩語的音樂性

新詩的音樂性包括內在音樂性和外在音樂性兩個層次。內在音樂性指的詩情呈現出的音樂狀態。音樂表現內心生活，並憑藉最不便於造成空間形象的聲音直接滲透到鑑賞者的內心。詩也是內心藝術，雖然它比音樂更帶明確性和具體性。情緒的強弱起伏形成新詩的內在旋律。外在音樂性指的詩的段式與韻式。內外音樂性的中心都是節奏。優秀的詩常常是音節外的語音特徵和音節內的語音特徵的交融。極端地說，新詩雖然與音樂幾乎沒有多少直接關係，但它擺脫不開外在的音樂性。擺開外在的音樂性，最終也會損害內在的音樂性。而且，從中國讀者的鑑賞習慣的角度，中國新詩擺脫外在的音樂性，也就是擺脫新詩的中國韻味，也就是擺脫大多數中國讀者。

——呂進，《呂進文存・第二卷》，重慶：西南師範大學出版社，二〇〇九年，頁三三九～三四〇

音樂性的中心就是節奏。純音樂是無語言的節奏；散文是無節奏的語言；詩是有節奏的語言，有語言的節奏。詩歌的內在音樂性指內在節奏，外在音樂性指外在節奏。詩的韻式、段式是外在節奏的表現和加強外在節奏的手段：韻式是節奏的聽覺化，段式是節奏的視覺化，它們使讀者產生節律化、非指稱化的審美期待視野。

——呂進，《呂進文存・第二卷》，重慶：西南師範大學出版社，二〇〇九年，頁三四〇

詩歌媒介的首要特徵是音樂性，這是詩歌語言與非詩歌語言的主要分界。所謂音樂性，就外在而言，指詩的節奏。韻式、段式也只是節奏的表現和加強節奏的手段而已：韻式是節奏的聽覺化，段式是節奏的視覺化，它們使讀者產生節律化、非指稱化的審美期待。

節奏是詩與生俱來的。從詩歌起源學著眼，詩脫胎於原始時代的混合藝術。舞、樂、詩三者的分離，造成三種獨立藝術的發展。舞以形體為媒介向具象發展，樂以聲音為媒介向抽象發展，詩以特殊語言結構為媒介向具象化的抽象發展，但三者都保留了共同要素——節奏。時代的變遷，藝術的發展，賦予詩以新的節奏，然而詩歌首先是有節奏的語言這一點並沒有變化（音樂是時間性節奏，舞蹈是空間性節奏）。

中國詩歌從「風」、「騷」到新詩，都極富音樂性。中國古詩同音樂有直接聯繫。從古詩到近體詩再到詞曲，經歷了「以樂從詩」、「采詩入樂」和「倚聲填詞」的過程。

——呂進，《呂進文存・第二卷》，重慶：西南師範大學出版社，二〇〇九年，頁一六七～一六八

中國新詩的節奏主要是內在的。內在節奏、內在音樂性指的是這樣一個事實：在藝術精神上，詩是最接近音樂的文學。英國批評家佩特說：「一切藝術都以逼近音樂為旨歸。」克羅齊也說：「一切藝術都是音樂。」

——呂進，《呂進文存・第二卷》，重慶：西南師範大學出版社，二〇〇九年，頁一六八

音樂表現內心生活，並憑藉最不便於造成空間形象的聲音直接滲透到鑑賞者的內心。從根本上說，藝術都以表情和動情為根本旨趣，所以，音樂成為最高的藝術。詩也是情感藝術，雖然它比音樂更帶明確性和具

體性，但無論如何，它比其他文學樣式更直接地表現心靈體驗。情緒的起伏形成新詩的內在旋律，這是音樂性的又一側面。

——呂進，《呂進文存・第二卷》，重慶：西南師範大學出版社，二〇〇九年，頁一六八

韻，又是節奏的重要組成部分，節奏是詩歌的生命。節奏無處不在。人的呼吸，四季的交替，月亮的盈虛，太陽的出沒，海潮的消漲，鐘擺的搖動，距離相等的建築，無不造成節奏。當詩反映了人的生活節奏和自然節奏的時候，他便給讀者以一種緊張與鬆弛交錯的特殊美感——節奏感。詩的節奏正是人的生活節奏、自然節奏的詩化。

韻，也是詩的黏合劑。它將一首詩粘連成和諧、緊湊、脈絡相通的整體，使讀者在讀一首詩的時候有一個暫時休息的地方，

——呂進，《呂進文存・第四卷》，重慶：西南師範大學出版社，二〇〇九年，頁四九

韻腳與韻式的選擇都是為了抒情。韻腳與韻式本身不會有美，只有產生韻腳與韻式的內容才給它們內在的美。

——呂進，《呂進文存・第一卷》，重慶：西南師範大學出版社，二〇〇九年，頁一〇〇

在押韻上，還有一個「換韻」問題。一般講來，篇幅不大或情感起伏不大的詩篇往往一韻到底，給人行雲流水、一氣呵成的美感。篇幅較大或情感流轉起伏較大的詩篇往往通過換韻，使音響更加跌宕多姿，以充

分表達詩人的情懷。

——呂進，《呂進文存·第一卷》，重慶：西南師範大學出版社，二〇〇九年，頁一〇〇～一〇一

音樂美將詩的語言和散文語言明顯地隔開，使前者變為抒情的語言、談心的語言，而後者只是敘述的語言、辦事的語言。

由節奏與音韻所規範，除了散文詩以外，詩歌又都分行排列，用以加強它的音樂美。與引起鑑賞者聽覺上的美感的同時，又給予鑑賞者視覺上的美感。

音樂美是流動的情感的節奏、音響的顯露。它表現、加強、昇華詩的抒情美。

聽覺美感與視覺美感的交叉，外在的音樂美與內在的抒情美的融合，使詩的語言成為最優美的語言，使得散文語言相形見絀。

——呂進，《呂進文存·第一卷》，重慶：西南師範大學出版社，二〇〇九年，頁五七

對於人來說，是「三分人才，七分打扮」；對於詩來說，也可以誇張地說，是「三分詩歌，七分朗誦」。詩只有在反覆吟詠中才會逐漸顯露它的美。足見離開音樂美，就沒有好詩。

排列美、精練美也是詩的形式的重要質素，但從根本上說，它們仍然統攝於、制約於詩的音樂美。

——呂進，《呂進文存·第一卷》，重慶：西南師範大學出版社，二〇〇九年，頁八九

節奏之於詩，如同脈搏之於人。「節奏是詩的基本力量之所在。」詩的節奏是宇宙中的自然節奏的詩化。從誕生之日起，詩便有人的活動節奏。因為開初與動作合在一起，它有勞動節奏與舞蹈節奏；因為要吟唱，它有適合人的呼吸吐納的節奏。

從靜止中看出運動，從平板中看出節奏，化靜為動，化死為生，這正是詩的使命。詩的節奏是人的生活節奏的詩化。

當詩反映了自然節奏和人的生活節奏時，它便給人以一種緊張與鬆弛交錯的特殊美感——節奏感。

——呂進，《呂進文存・第一卷》，重慶：西南師範大學出版社，二〇〇九年，頁九〇

詩無定節、節無定行、行無定字的新詩怎樣造成節奏呢？比較流行的說法是，新詩的基本節奏單位是「頓」，即讀者讀一行詩時可以略為停頓一下的基本語言單位。這是時的節奏。它與「音步」的不同在於只問節奏的時間，不問節奏的性質。

——呂進，《呂進文存・第一卷》，重慶：西南師範大學出版社，二〇〇九年，頁九一

一般講來，詩人往往用少字頓和多頓行來造成舒緩節奏，表現沉重或莊嚴的感情；用多字頓和少頓行來造成急促節奏，表現輕快或昂揚的感情。

——呂進，《呂進文存・第一卷》，重慶：西南師範大學出版社，二〇〇九年，頁九二

較之抒情美，詩歌的音樂美具有更強烈的民族性，因而具有更大程度的抗譯性。無論譯筆如何信、達、雅，詩歌經過翻譯就會失去許多韻味。說句極端的話，和原詩相比，譯詩有時是不美的。

——呂進，《呂進文存．第一卷》，重慶：西南師範大學出版社，二〇〇九年，頁三二九

中國新詩與古詩的節奏單位都是時的節奏而不是力的節奏，這是因為漢語和英語、法語、俄語這些印歐語系的語言不同，它是沒有重音的語言。這是新詩與古詩節奏的相同之處。

新詩與古詩的節奏單位又有明顯不同。新詩的節奏單位基本是片語節奏、呼吸群節奏，也就是說，新詩的節奏單位與詞義、呼吸中的換氣大體是統一的。

——呂進，《呂進文存．第一卷》，重慶：西南師範大學出版社，二〇〇九年，頁三三一

讀者進入詩歌鑑賞狀態以後，一般是用耳從詩形去捕捉語言方式的音樂性，即詩的音韻與節奏；用心從詩情去捕捉詩質的音樂性，即詩情的組織化、秩序化而呈現出的音樂性。

準確地說，詩質的音樂性是一種音樂精神，這是一切藝術的共有品格。語言方式的音樂性即西方現代派所稱的「低級的」外在音樂性才是詩的音樂性，是詩的音樂方式。

——呂進，《呂進文存．第三卷》，重慶：西南師範大學出版社，二〇〇九年，頁七四

詩體是詩的音與形的排列組合，是詩的聽覺之美和視覺之美的排列組合。詩歌文體學就是研究這個排列組合的形式規律的科學。從詩體特徵講，音樂性是詩與散文的主要分界。從詩歌發生學看，詩與音樂從來就

有血緣關係。依照流行的說法，詩的音樂性的中心是節奏。節奏有內外之分。內在音樂性是內化的節奏，是詩情呈現出的音樂狀態，即心靈的音樂。外在音樂性是外化的節奏，表現為韻律（韻式，節奏的聽覺化）和格式（段式，節奏的視覺化）。內在音樂性就是音樂精神，它其實是一切藝術的最高追求。一切高品位的藝術都因其心靈性而靠近音樂。只有外在音樂性才是詩的專屬，它是詩的定位手段。

——呂進，《呂進文存‧第三卷》，重慶：西南師範大學出版社，二〇〇九年，頁一六二～一六三

精練的確是詩反映社會生活的媒介的特點，但是又不是主要特點，後者恐怕是音樂美。詩的語言的獨特詞序、語法、排列都與音樂美有關。一種文學樣式反映生活時藝術上的最大困難在於駕馭媒介，而最大成功也正在於對媒介的征服。音樂美的要求給詩的語言帶來最大困難，也帶來最大成功，使它成為「最高語言藝術」。其他文學樣式在音樂美上是無法與詩爭高低的。

——呂進，《呂進文存‧第四卷》，重慶：西南師範大學出版社，二〇〇九年，頁七五

# 詩語的排列

究竟詩的分行有些什麼美學功能呢？其一，分行有助於詩情的跳躍。其二，分行有助於突出詩行中的詩眼或詩篇中的重要詩行。其三，分行有助於加強詩的節奏感。讀者從視覺上的形式感通往視覺上的節奏感，再強化詩情的音樂狀態（急速、舒緩、中斷、起伏等）的節奏感。其四，分行有助於顯示詩的音韻。不論腳韻，頭韻，還是行間韻，分行排列最能成為它們的舞臺。其五，分行有助於新詩讀者的定位。作為詩歌外部標誌的分行，是幫助讀者選擇相應的閱讀態度、產生相應的期待視野的信號。它使讀者真正成為詩歌（而不是散文）的接受者，不致對詩歌作品產生誤讀。

——呂進，《呂進文存・第三卷》，重慶：西南師範大學出版社，二〇〇九年，頁一六四～一六六

為什麼不同排列會產生如此不同的藝術效果呢？這是因為：

一、分行排列，有助於強調詩人感情的跳躍中的重要詞句的分量。詩的篇幅小、文字少，每個詞、每個句子都要十分精練。詩要洗刷成晶體，去掉一切拖泥帶水的成分。詩中重要詞句，通過各種排列方式（單獨成行、重要詞語的跳躍等）而得到突出。

二、分行排列，有助於加強詩的節奏感。讀者便於從分行排列中，去捕捉詩的節奏，把視覺上的形式感化為情感上的節奏感。

三、分行排列，有助於顯示優美的韻腳。在散文式排列中，「腳」的位置不顯明。分行排列後，韻腳十分突出。

總之，分行排列，是詩的抒情性、音樂性所決定的。那種認為「只要是詩，怎樣排列也是詩」的說法是似是而非的議論。為了加強詩的抒情性、音樂性，除開散文詩，凡詩都要分行排列。

——呂進，《呂進文存‧第一卷》，重慶：西南師範大學出版社，二〇〇九年，頁一〇四～一〇五

詩行的劃分只有主要著眼於感情、節奏與音韻，才能獲得分行的和諧性與豐富性。有的新詩行之所以過長，比較平板，往往正是拋掉詩的質素去尋求詩行的意義完整與語法結構完整的結果。這樣，其實是拋掉詩，而尋求散文。

——呂進，《呂進文存‧第一卷》，重慶：西南師範大學出版社，二〇〇九年，頁一〇六

這說明，詩行是詩的感情單位，節奏單位，音韻單位，是詩情向前發展的跳躍基點，但它不一定是意義單位，完整的語法結構單位。

——呂進，《呂進文存‧第一卷》，重慶：西南師範大學出版社，二〇〇九年，頁一〇六

# 詩語的彈性

彈性，是抒情詩的基本的媒介特徵之一。詩的彈性包括詞語彈性、句構彈性以及由語言創造的意象彈性。

詩的彈性是一種創作現象。詩人的詩美體驗和筆下的詩句總是出現不對稱性。意指錯位給了詩擺脫文體局限的機會，同時也給詩帶來彈性。

詩的彈性也是一種鑑賞現象。詩的鑑賞活動既具有相應性的特徵，即它要受到詩的審美結構的某種規範；詩的鑑賞活動又具有相異性的特徵，它是鑑賞者對詩的感應、發現、創造與豐富。

——呂進，《呂進文存‧第二卷》，重慶：西南師範大學出版社，二〇〇九年，頁三四五

彈性是一種模糊美。它賦予詩歌語言以不確定性，從而給欣賞者帶來感受和把握的多樣性和靈活性，擴大了詩的想像空間。而詩味「止於鹹」，「止於酸」，就往往比較乏之味。

——呂進，《呂進文存‧第一卷》，重慶：西南師範大學出版社，二〇〇九年，頁三三六

一般語言（尤其是科學語言）總是力求單解，避免「一名數義」。與此恰好相反，詩鍾愛單純，但嫌厭單薄，它總是儘量從單解的緊身衣中解脫出，寓萬於一，以一馭萬，以有限的筆墨表現無限的心靈世界，或者說，以無限的詩情突破有限的詩篇。

——呂進，《呂進文存・第二卷》，重慶：西南師範大學出版社，二〇〇九年，頁三四五

詩的語言的彈性不是含混。它包含的幾種詞義不是「非此即彼」，而是「亦此亦彼」的。正是這「亦此亦彼」，才構成美麗的詩境，調動讀者的想像力，促使讀者在詩歌欣賞過程中進行藝術再創造的活動，給讀者以豐富多樣的美感享受。

——呂進，《呂進文存・第一卷》，重慶：西南師範大學出版社，二〇〇九年，頁一二五

詩的語言的幾種詞義的並合，即詩的語言的彈性，是詩的語言特有的精練美。

——呂進，《呂進文存・第一卷》，重慶：西南師範大學出版社，二〇〇九年，頁一二四

詩是具象的抽象。太重於具象，就變成繪畫；太重於抽象，就變成音樂。具象的抽象本身就包含二重性：筆下具象，筆外抽象，古人所謂「象外」、「味外」、「詩外」、「筆墨之外」指的正是具象與抽象的交織。情隱景顯，隱顯交織就構成彈性。言近旨遠，近遠交織就構成彈性。

——呂進，《呂進文存・第二卷》，重慶：西南師範大學出版社，二〇〇九年，頁三四八

這種彈性，除詩人有意「遁辭以隱意，譎譬以指事」外，也有不得已的一面。心靈體驗、情緒狀態常常為詩所「道不出」，於是，詩就以「不道出」去代替「道不出」，所謂「山之精神寫不出，以煙霞寫之；春之精神寫不出，以草木寫之。」反過來，對外在世界的細緻描繪也是詩的「道不出」，它的擺脫窘迫的辦法仍是「不道出」。

——呂進，《呂進文存・第二卷》，重慶：西南師範大學出版社，二〇〇九年，頁一六九

彈性是詩對其他文學樣式的明顯優勢，是詩的能量與生命的顯示。彈性是一種模糊性。排除模糊性於詩歌語言理論之外是不明智的。老子早就說過：「妙在恍惚。」謝榛的《四溟詩話》也有「妙在含糊」之說。但是模糊性不同於含混性。模糊性是亦此亦彼性——詩的多義要在詩人的「一致之思」中相和諧。

——呂進，《呂進文存・第二卷》，重慶：西南師範大學出版社，二〇〇九年，頁三四七

詩的目標是抒情，落墨點卻常常是具體事物。它喜歡直抒胸臆，但厭惡直白。它往往直接傾吐心靈的波浪，但是落墨點卻是引起這一波浪的具體事物。詩不說：「富的真富，窮的真窮，天下太不公平了」，而是說：「朱門酒肉臭，路有凍死骨」（杜甫）；詩不說：「世上的一切都按照客觀規律發展，再貌似強大的丑類也有垮臺的一日，人類的明天是光明的」，而是說：「既然冬天來了，春天還會遠嗎？」（雪萊）這就造成詩歌語言的彈性。

——呂進，《呂進文存・第二卷》，重慶：西南師範大學出版社，二〇〇九年，頁一七六

詩歌語言的彈性，使得它的計算單位不是普通的數位，在詩裏，彈性的「1」往往相等於「2」、「3」或更多。因此，中外詩人或理論家都有人注意到這個現象。聞一多說：「詩這東西的長處就在它有無限度的彈性，變得出無窮的花樣，裝得進無限的內容。」（《文學的歷史動向》）黑格爾在他的《美學》第三卷中論述詩的掌握方式和散文的掌握方式時則說：「適合於詩的對象是精神的無限領域。它所用的語文這種彈性最大的材料（媒介）也是直接屬於精神的，是最有能力掌握精神的旨趣和活動，並且顯現出它們在內心中那種生動鮮明模樣的。」

——呂進，《呂進文存‧第二卷》，重慶：西南師範大學出版社，二〇〇九年，頁一七七

一切樣式的文學都追求精練。然而，詩的精練程度最高。詩總是體現著兩種對立元素的融合：一與萬，少與多，辭約與意豐，有限與無限，「盡精微」與「致廣大」；詩人總是兼有兩種品格：內心傾吐的慷慨與語言付出的吝嗇。古典詩論說：「意余於辭，雖淺而深。」就是對精練的一個說法。

——呂進，《呂進文存‧第四卷》，重慶：西南師範大學出版社，二〇〇九年，頁四五

不能絕對地把煉字理解為字越少越好。煉字，主要是選準合適的字，去掉不達意的冗繁部分，以盡可能經濟的筆墨，表現盡可能豐富的感情內涵，給讀者以廣闊的想像餘地。「片言明百意」。離開內容的表達去單純追求字少也會失去精練。

——呂進，《呂進文存‧第一卷》，重慶：西南師範大學出版社，二〇〇九年，頁一一九

煉句，可以簡單地說，往往就是詩句對「精確的語法」的大膽的合理反叛。散文總是要使用「精確的語法」。它將所要表現的內容用明白無誤的語言，按照語法結構寫出來。而詩卻不是這樣。散文是奔流不止的江水，詩是隱約閃爍的星光。它力求跳躍。由詩的本質所決定，詩常常是由一個點大幅度地跳到另一個點，串起這些點的「線」，要由讀者自己馳騁想像去把握它。因此，從「精確的語法」看，詩句常常是不合「法」的。

——呂進，《呂進文存‧第一卷》，重慶：西南師範大學出版社，二〇〇九年，頁一二〇

詩句的語法結構總是儘量略去一切可以略去的成分，尤其是虛詞。從語法結構看，許多詩句是殘缺的。但從詩學看，這些詩句是最精練的。

——呂進，《呂進文存‧第一卷》，重慶：西南師範大學出版社，二〇〇九年，頁一二〇～一二一

一切語言藝術都追求語言的精練，但是，詩的語言精練程度最高。在所有文學樣式中，只有詩是以字為計算單位的藝術，是「字字必爭」的藝術。

和散文語言相比，詩的語言是以一當十、以少勝多的。和散文語言比，詩的語言是富有彈性的和跳躍的，每個字都有廣闊的天地。

——呂進，《呂進文存‧第一卷》，重慶：西南師範大學出版社，二〇〇九年，頁五八

# 詩語的隨意性

所謂隨意性，就是對散文的語言秩序的主動性擺脫。中國新詩媒介的隨意性，大量表現在虛實結合上，它往往由動詞的獨特搭配來實現。

——呂進，《呂進文存・第二卷》，重慶：西南師範大學出版社，二〇〇九年，頁三四五

對中國新詩（也包括古詩）來說，詩歌媒介的隨意性特徵，尤其大量表現在虛實結合上。由實生虛，由虛生實，相互交錯，相互照應。通常的情況，詩歌語言的虛實相生是由動詞的獨特搭配來實現的。

詩歌語言一般不屑理會散文的語言秩序，它在內視世界隨意跳躍與歌唱。但是，「隨意性」又應該有另一個解釋：「隨」順詩「意」。詩歌語言得接受詩的語言秩序的裁判。

隨意的後面，有詩人的苦心在。

——呂進，《呂進文存・第二卷》，重慶：西南師範大學出版社，二〇〇九年，頁三五四

# 詩的文體可能

雖然超越文體學的潛能是豐富的，但文體絕不應被理解為絕對自由的領域。哲學的著名命題「自由是對必然的認識」對於文體學同樣有充分有效性。詩不例外，它也只能在自我把握中爭取最大自由。

——呂進，《呂進文存・第二卷》，重慶：西南師範大學出版社，二〇〇九年，頁一五五

文體學的強化並成為目下中國新詩研究的學科前沿是十分重要的理論現象。這種現象的出現有兩個動因。就外部原因而言，是新時期以來的和平、安定與開放的外在環境；就內部原因而言，是新詩與新詩研究由對歷史的反思轉向對自身的反思的一種必然。

——呂進，《呂進文存・第四卷》，重慶：西南師範大學出版社，二〇〇九年，頁二一

中國新詩文體研究近年致力於兩個向度的拓展。首先是分類學，即橫向研究，共時性研究。詩與非詩，詩作為多種詩體的存在，屬於這一範疇。其次是軌跡學，即縱向研究，歷時性研究。新詩的文體軌跡，詩與非詩在文體發展中的相互影響與滲透，屬於這一範疇。

——呂進，《呂進文存・第四卷》，重慶：西南師範大學出版社，二〇〇九年，頁二二

新詩文體學者正站在世界文明的水準線上重新測定中國和西方的詩歌文體學，抽象既有的詩歌現象，構築一個現代的民族的中國新詩文體理論體系。當然，傳統型的文體學是規範性、指令性的，而現代型的文體學，則是描述性、闡釋性的。可以預期，中國新詩文體學大家極有可能出自於有豐富創作經驗的詩人群中。中國新詩文體學的最後完形主要指望詩人型學者。

——呂進，《呂進文存・第四卷》，重慶：西南師範大學出版社，二〇〇九年，頁二二

中國現代詩學在研究文體的時候，不在內容與形式相割裂的意義上研究問題，而是將形式的形成過程同時看做是內容展開的過程。也不把文體學當作普通語言學的分支。另外，不只是研究既定文本，還要研究從創作準備到創作結果的整體過程，即：詩人的藝術選擇與審美思維，詩歌的構成方式與存在形式。中國新詩文體論具有東方色彩。

——呂進，《呂進文存・第四卷》，重慶：西南師範大學出版社，二〇〇九年，頁三八

就本質而言，新詩文體理論只能是滯後於創作的描述性科學。從藝術實踐的蓄庫中提煉、昇華、抽象出來的文體理論又反過來促進新詩的成形與成熟。中國新詩長期處在革命與戰爭的生存環境中，研究文體理論是一種不合時宜的奢侈。

——呂進，《呂進文存・第三卷》，重慶：西南師範大學出版社，二〇〇九年，頁五九

任何藝術都是捆縛的藝術。對任一門類的藝術而言，規範就是美。換言之，美就是對規範的高超的運用。同樣，獨特的文體規範帶來新詩獨特的美。取消文體規範也就取消了新詩。新詩在規範中求創造，詩人在規範中展才華。

——呂進，《呂進文存・第二卷》，重慶：西南師範大學出版社，二〇〇九年，頁二一三

早期新詩在文體追求上有兩個相互聯繫的致命弱點：與散文界限太不清，與中國古典詩歌傳統的界限又太清。

——呂進，《呂進文存・第三卷》，重慶：西南師範大學出版社，二〇〇九年，頁六三

應當說，沒有詩體就沒有詩歌。詩的本質是無言的沈默。以言傳達不可言，以不沈默傳達沈默，以未言傳達欲言，要靠詩歌的特殊的言說形式。這形式依靠暗示性將詩意置於詩外和筆墨之外，這形式帶有符號的自指性，它是形式也是內容。散文注重「說什麼」，詩歌更看重「怎麼說」。詩的審美表現力和審美感染力，都與詩體有關。作為藝術品的詩歌是否出現，主要取決於詩人運用詩的特殊形式的成功程度。

——呂進，《呂進文存・第三卷》，重慶：西南師範大學出版社，二〇〇九年，頁三六六～三六七

世界上沒有純而又純的文學樣式。文學樣式總在相互滲透。在文學史上還時或出現超越文體學的文學現象，它的出現正說明人類在藝術地把握世界的豐富與深化。但是文體可能性的超越將是一個漸進過程，就詩而言，詩人沒有文體自覺，就很少可能在詩歌史上長久地站穩腳跟，別林斯基在《論俄國中篇小說和果戈理君的中篇小說》一文中有一段頗為精彩的話：「一個藝術家的自由，是在他本人的意志和某種外部的，不依

存於他的意志的東西的和諧上面。」建立這種「和指」正是一個詩人的智慧。時代給了一切詩人以同等機會，同等機會並不會帶來同等成功，因為每位詩人的時代自覺和文體自覺在程度上並不相同。

——呂進，《呂進文存‧第二卷》，重慶：西南師範大學出版社，二〇〇九年，頁一七三

詩歌只具備自己的文體可能。

在任何歷史大轉折的發端年代，詩都可能憑藉自己的文體優勢輕而易舉地充當文壇的主角。呼喚，吶喊，往往會在社會引起巨大回聲。大轉折的深入總是將錯綜複雜的社會矛盾、豐富多樣的人物性格推到文學面前：敘事文體的機會到來了。弱於歷史反省功能的詩歌，貧於具體細緻地客觀描繪時代畫卷的詩歌，幾乎是必然地「讓賢」：它由主角退為配角。

任何藝術都是受到文體限制的藝術。藝術家，就是善於把握文體限制、運用文體限制創造出藝術珍品的巧匠。在文體可能上，詩人也沒有更多的事情可做。

——呂進，《呂進文存‧第二卷》，重慶：西南師範大學出版社，二〇〇九年，頁二四九

重新發現「內視點」是重新發現詩的文體可能。詩不應該、也不可能具有敘事文體的功能。但是，只有把「內視點」放在詩與外部世界的特殊的審美聯繫上去理解，詩才會有開花的沃土。

如果把「內視點」理解為詩是與現世絕緣的符號世界，如果把「內視點」理解為詩美是純美封閉世界，詩的多元格局就會失重。

——呂進，《呂進文存‧第二卷》，重慶：西南師範大學出版社，二〇〇九年，頁二五一

# 詩歌分類篇

# 新詩的雙極發展

詩歌是民族性最強的文學樣式。以民歌和古典詩歌為基礎，發揚新詩自身的傳統，廣泛吸收域外新潮，尋求新變，這的確是新詩健康發展的唯一基礎。

——呂進，《呂進文存‧第四卷》，重慶：西南師範大學出版社，二〇〇九年，頁四五

重破輕立，一直是新詩的痼疾。

——呂進，《重破輕立，新詩的痼疾》，《中國藝術報》二〇一一年十月二十六日

新詩近百年的最大教訓之一是在詩體上的單極發展，一部新詩發展史迄今主要是自由詩史。自由詩作為「破」的先鋒，自有其歷史合理性，近百年中也出了不少佳作，為新詩贏得了光榮。但是單極發展就不正常了，尤其是在具有幾千年格律詩傳統的中國。

——呂進，《重破輕立，新詩的痼疾》，《中國藝術報》二〇一一年十月二十六日

詩歌史告訴我們，自由詩並不能全部取代格律詩。這是因為：一、現代生活的某些內容更適宜於用格律詩來表現；二、很多讀者習慣於格律詩傳統。

——呂進，《呂進文存・第四卷》，重慶：西南師範大學出版社，二〇〇九年，頁一二八

在詩體上的雙極發展，漂泊不定的新詩才能立於中國大地之上，才能適應民族的時代的審美，在當代詩壇上充當主角，毛澤東的「以新詩為主體」的詩學主張才能真正實現。

——呂進，《重破輕立，新詩的痼疾》，《中國藝術報》二〇一一年十月二十六日

中國新詩正在向現代化過渡。它包括兩個相輔相成的側面：外國詩歌藝術經驗的民族化（而不是全盤洋化）；中國詩歌傳統的現代化（而不是不加區別地固守全部傳統）。就新詩詩體而言，就是自由體、格律體、半自由體（半格律體）的多元並存。

創立與自由詩一起攜手並存的現代格律詩，本已是在實踐上開始了的思考和探索。而且，新詩的發展走向越來越有利於這種思考與探索。那種大體講求一定格律的「半自由體」正在與日俱增。甚至以倡導「散文美」名世的詩人艾青，也在主要寫作自由詩的同時，推出了一些「半自由體」。他的近作《歸來的歌》、《彩色的詩》具有明顯的格律化跡象。這表明了現代格律詩令人欣慰的前景。新詩格律學只能是描述性科學：它的使命在於概括、抽象業已出現的詩歌現象，而決不是人為地設想、規定某種格律模式。

——呂進，《呂進文存・第二卷》，重慶：西南師範大學出版社，二〇〇九年，頁二二二～二二三

# 自由體新詩

自由詩是中國詩歌的一種新變，但是要守常求變，守住詩之為詩、中國詩之為中國詩的「常」，才有新變的基礎。提升自由詩，讓自由詩增大對於詩的隸屬度，驅趕偽詩，是新詩「立」的美學之一。

——呂進，《重破輕立，新詩的痼疾》，《中國藝術報》二〇一一年十月二十六日

中國新詩是自由詩。有一種意見：新詩的不成熟主要是不成形。現在的不成形的新詩勢必經受形式上的大變革，取得相對固定的形式走向成形化。這是片面的說法。「自由」就是「自由詩」的形。要求雲彩成形，要求海濤成形，就如同要求太陽不成形，要求月亮不成形一樣，是不科學的。

——呂進，《呂進文存‧第一卷》，重慶：西南師範大學出版社，二〇〇九年，頁一二八

意蘊的由簡而繁，篇幅的由繁而簡，這是自由詩站穩腳跟、繁榮發展的通途。

——呂進，《呂進文存‧第四卷》，重慶：西南師範大學出版社，二〇〇九年，頁二五八

生活的發展，時代的發展，使有的詩人感到格律詩的形式不能表現他想表現的內容。於是，自由詩便產生了。

——呂進，《呂進文存・第一卷》，重慶：西南師範大學出版社，二〇〇九年，頁一二八

自由詩並不享有絕對的無限的自由。它要受到兩種局限：生活與文體。

——呂進，《呂進文存・第三卷》，重慶：西南師範大學出版社，二〇〇九年，頁六二

自由詩除一般形式外，還有兩大品類。一是小詩。瞬間體驗，剎那頓悟，一時景觀，使小詩有點像唐詩的絕句和小令。小詩既受到日本的和歌和俳句的影響，也借鑑了印度的宗教哲理小詩。二是散文詩。散文詩不是散文的詩化，它是貌似散文的詩，散文形式的詩，掙脫了詩的基本形式鐐銬而保存著詩魂的詩。散文詩是詩的某些表現因素和散文的某些再現因素的融合，它更偏向心靈昇華、音樂精神。

中國新詩有三個高潮，三個高潮都是自由詩領潮。究其原因，除了新詩自身外，和新詩始終處在戰爭與動亂的環境中也有關，救亡使得詩歌不得不（也不能不）承載許多詩外功能。自由詩的三個高潮分別出現在「五四」時期、抗戰時期和新時期。

——呂進，《呂進文存・第三卷》，重慶：西南師範大學出版社，二〇〇九年，頁一八一～一八二

優秀詩人就是善於化局限為美、化局限為無限的人。離開規範，何以言詩。從這個視角看，「自由詩」的冠名是不確切的。從來沒有享有絕對自由的藝術。「自由詩」的「自由」相當有限。如果「自由」

失度，「詩」也就消失了。可以說，正是對自由詩的「自由」、新詩的「新」的錯覺，妨礙了中國新詩的詩體重建。

——呂進，《呂進文存・第三卷》，重慶：西南師範大學出版社，二〇〇九年，頁一八六

不少詩人在藝術創造中發現：那種掙脫一切詩美規範的自由詩，其實只是新詩尚未成熟時的草創詩體，它缺乏強大的審美規範功能，無助於詩人將自己內在的情感體驗外化為藝術品。

——呂進，《呂進文存・第三卷》，重慶：西南師範大學出版社，二〇〇九年，頁二五六

只有自由詩，至少給中國新詩帶來如下弊端：第一，某些情感體驗只有格律詩才能完美地表現（如同某些情感體驗只有自由詩才能完美地表現一樣）。第二，難以滿足中國讀者的多種審美需要。

——呂進，《呂進文存・第三卷》，重慶：西南師範大學出版社，二〇〇九年，頁三五〇

不過，自由詩如果真要是詩，也得遵循詩的規範。自由無邊，自由出了詩的邊界，和詩也就沒有關係了，和詩歌讀者也就沒有關係了。而且，如果一個民族只有自由詩，它的藝術生態就肯定不正常。這也許正是一個民族詩歌不成熟的標誌。

——呂進，《呂進文存・第三卷》，重慶：西南師範大學出版社，二〇〇九年，頁四六四

# 格律體新詩

所謂格律，就是程式化、固定式的格式和韻律，也就是詩中廣義的節奏結構。它包括三個方面：節奏式——節奏單元的組成和節奏單元組成詩行的方式；韻式——韻的組成方式和韻在詩中的安排方式；段式——詩行組成詩段的方式和詩行（或詩段）組成詩篇的方式。詩歌格律實質上是詩歌形式技巧中的部分語音問題，所以，詩的格律的主要依據是語言文字的語音特點。

——呂進，《呂進文存・第二卷》，重慶：西南師範大學出版社，二〇〇九年，頁二二三

從有無格律的角度，新詩可以分為自由詩和格律詩。格律詩的出現的必要前提是全民族有一個公認的格律標準，從這個角度講，中國迄今還沒有真正意義上的現代格律詩。

中國現代格律詩的格律標準的確立，需要長期的豐富的藝術實踐。因此，詩人的實驗具有第一位的意義。

詩歌格律的實質就是詩歌形式技巧中的部分語音問題。中國現代格律詩的實驗必須建立在現代漢語言文字語音特點的基礎上。

——呂進，《呂進文存・第二卷》，重慶：西南師範大學出版社，二〇〇九年，頁五〇六

現代格律詩成熟的標誌是成形，成形的關鍵是詩語的音樂性，由此創造出有規律的韻式和段式。

——呂進，《呂進文存‧第四卷》，重慶：西南師範大學出版社，二〇〇九年，頁二五八

不應當籠統地說，格律會給新詩造成限制。實際上，世界上任何一種文學樣式都會有它作為一種「樣式」的限制。歌德有兩行詩：「在限制中才顯出能手，／只有法則能給我們自由。」優秀的文學作品，正是善於嫺熟地運用這種限制來完美地表現內容。限制與靈巧，法則與自由，二者的和諧恰好帶來文學作品的美。

——呂進，《呂進文存‧第一卷》，重慶：西南師範大學出版社，二〇〇九年，頁一二九

行無定字，但行有定頓。頓的變化在字數。少字頓節奏舒緩，多字頓節奏急促。少字頓和多字頓的交錯，形成多樣的節奏結構。同頓體格律詩一般都押韻。同頓體是中國現代格律詩的主要文體。

——呂進，《呂進文存‧第三卷》，重慶：西南師範大學出版社，二〇〇九年，頁一九〇

對稱體格律詩的最大特點是它的節奏單位是詩節。第一個詩節是詩人自定的基準詩節，全詩以基準詩節的段式和韻式為準，構造所有詩節。詩節與詩節在行數、建行的字數與頓數、韻式上的對稱，構成對稱體格律詩。這樣的詩，唯讀一節，並不能獲得格律美感。讀兩節以上的詩時，對稱顯現了，詩以嚴整的格律示人以均齊之美。一個詩節是自由詩，全詩卻是格律詩了。

——呂進，《呂進文存‧第三卷》，重慶：西南師範大學出版社，二〇〇九年，頁一九二

現代格律詩的提出基於幾個動因：首先，中國古代詩歌的三大高峰——唐詩、宋詞、元曲都是格律詩，中國詩歌的格律詩傳統造就了中國的詩歌讀者；其次，現代人的情感體驗不可能只適合用自由詩來表現，它有時更適合用格律詩來表現；再次，外國詩歌證明，自由詩不能完全取代格律詩，一個國家如果沒有適合它的現代語言的格律詩，是一種不正常、不健全的偏枯現象；最後，對於詩歌讀者來說，形式就是內容，沒有形式也就沒有內容。

——呂進，《呂進文存‧第三卷》，重慶：西南師範大學出版社，二〇〇九年，頁二三一～二三二

較之古代格律詩，現代格律詩的顯著特點之一就是它在形式上的無限多樣性，用聞一多的話來說，就是「新詩的格式是相體裁衣」。所謂「相體」，就是要依據詩的意蘊、詩的內在結構、詩人的藝術個性去確定「衣」的樣式與尺寸。

——呂進，《呂進文存‧第三卷》，重慶：西南師範大學出版社，二〇〇九年，頁二五六

無論哪種民族的詩歌，格律體總是主流詩體，何況在中國。中國新詩極需倡導、壯大現代格律詩，爭取在現有基礎上將現代格律詩建設迅速推向成熟。嚴格地說，自由詩只能充當一種變體，成熟的格律詩才是詩壇的主要詩體。

——呂進，《呂進文存‧第三卷》，重慶：西南師範大學出版社，二〇〇九年，頁三五二

現代人需要現代格律詩。因為，現代人的有些詩情只有格律詩才能完美地表達；因為，中國讀者主要習慣於欣賞格律詩美。格律與現代並不矛盾。現代格律詩主要不是一個理論問題，而是一個藝術實驗問題。

——呂進，《呂進文存・第三卷》，重慶：西南師範大學出版社，二〇〇九年，頁四六四

「格」就是藝術特徵，「格」就是藝術美質，「格」是限制，「格」更是可能。沒有聽說過自由繪畫，自由音樂；也沒有欣賞過自由戲劇，自由小說。何況以形式為基礎、以形式為內容的詩！沒有「格」就沒有藝術，更沒有詩。

——呂進，《呂進文存・第三卷》，重慶：西南師範大學出版社，二〇〇九年，頁四二二

格律體新詩建設對於探索者有嚴格選擇。探索者要懂一點音韻學，要懂一點語言學，要懂一點文字學，要懂一點音樂與美術，當然，更要懂詩，尤其是新詩。

——呂進，《呂進文存・第三卷》，重慶：西南師範大學出版社，二〇〇九年，頁四二二

格律體新詩除了必須是詩（絕對不能只有詩的形式）這個大前提以外，在形式上可能有兩個美學要素：格式與韻式。格式和韻式構成格律體新詩的幾何學限度。所謂格式，就是與篇無定節，節無定行，行無定頓的自由詩相比，格律體新詩尋求相對穩定的有規律的詩體。格式很多，無非是整齊節奏和參差節奏，這樣產生出無窮多的樣式。

——呂進，《走向新詩的盛唐——序東方詩風論壇十年詩選》，《重慶藝苑》二〇一一年第三期

格律好像會給詩人帶來麻煩，其實給詩人帶來的更是自由。寫自由詩時的表達詩情無從下手、形式無所依託的煩惱就揮之而去了。作為中國詩歌的現代形態，新詩的命運可以從中國詩歌史中找到。

——呂進，《走向新詩的盛唐——序東方詩風論壇十年詩選》，《重慶藝苑》二〇一一年第三期

# 抒情詩

抒情詩的主體性是鐵的規律。化客觀的東西為主體的東西，化現實生活為創作主體（詩人）的內心生活，化事件為感情，這就是抒情詩人的全部工作。「化」得越好，詩就越純，越美；詩和非詩的界線就越分明。

——呂進，《呂進文存・第四卷》，重慶：西南師範大學出版社，二〇〇九年，頁一二一

大體說來，抒情詩有兩類。一類是以詩人感受本身為題材的，一類是以外部世界為題材的。在後一類抒情詩中，詩人要對外部世界進行感情概括。審美態度是一種表現態度，純然地描繪或敘述外部世界是沒有詩的。

——呂進，《呂進文存・第三卷》，重慶：西南師範大學出版社，二〇〇九年，頁一四三

社會抒情詩寫到深處便因了它的濃濃的人性而同時成為人生抒情詩；人生抒情詩寫到深處便因了它的普視性而同時成為社會抒情詩。

新時期的詩壇從八〇年代中期以後，人生抒情詩很「火」，社會抒情詩式微，詩有些「失重」。加上對西方詩歌「私人化寫作」的模仿之風，新詩以很快的速度走向文化邊緣。

——呂進，《呂進文存・第三卷》，重慶：西南師範大學出版社，二〇〇九年，頁三〇七～三〇八

# 敘事詩

敘事詩是「詩」，自然是內視點文學；但它又得「敘事」，所以又是外視點文學。從「詩」而言，它要表現內宇宙；從「敘事」而言，它又要再現外宇宙。雙重性的審美視點是敘事詩最本質的詩美特徵。

敘事詩有三個美學特徵。

一、敘事結構的抒情性。

敘事詩迴避「敘」情節複雜、人物眾多之「事」，因為它是詩。在故事的展開上，它總是若干個抒情性質特別分明的故事斷片的連接。

二、意象的複調性。

敘事詩的意象尋求一種單純性。即以人物而言，詩中人物和詩人自己在人格上常常相通。

三、語言方式的二重性。

敘事詩不是在敘述故事，而是在吟誦故事。西方語言中的「敘事詩」的原意就是「吟誦的詩」。因此，敘事詩在語言方式上和散文完全不同：像抒情詩一樣，它也富有音樂性、彈性和隨意性，但是，敘事詩要敘事，因此它在語言方式上又和抒情詩不可能完全相同：它比抒情詩語言更注意明晰和鮮明。語言方式的二重性賦予敘事詩屬於自己的語言魅力，它既表現意義，又蘊涵意味。

敘事詩語言方式的二重性是一門高妙的藝術。太向散文傾斜，敘事詩就會成為分行散文；太向抒情詩傾斜，敘事詩就會太藏太模糊，變得「口齒不清」。

——呂進，《呂進文存・第二卷》，重慶：西南師範大學出版社，二〇〇九年，頁四八七～四九二

敘事詩的結構要在抒情原則中就範。因此，它的結構既有別於抒情詩又有別於其他樣式的敘事作品。這種區別主要有三：

其一，情節的跳躍。情節，是敘事作品的主要標誌。情節是人與人或人與自然之間矛盾衝突所造成的一個、一組或若干組事件的發生、發展和解決的過程。敘事詩不例外。

其二，有利於抒情的剪裁。敘事詩要簡繁互用。在通常意義下，敘事要簡，避免拖遝蕪雜；抒情要繁，做到充分酣暢。

敘事詩敘事時往往惜墨如金，抒情時往往用墨如潑；情節敘述中力求簡潔，抒發感情時又大動筆墨。

其三，生動的細節描寫。這也是結構的重要方面。情節推進的跳躍而不失之空泛抽象，故事講述的簡潔而不失之「只有勾勒」，細節描寫舉足輕重。細節描寫可以讓跳躍的情節具象化，讓簡潔的故事飽滿化。

——呂進，《呂進文存・第一卷》，重慶：西南師範大學出版社，二〇〇九年，頁二四一～二四六

如果說，情節是敘事散文的第一要素，那麼，情味就是敘事詩的第一要素。

讀者對敘事詩和非詩的敘事文學的閱讀態度、期待視野是不相同的。他需要的主要是故事裏的詩，而不是故事本身。在敘事詩裏，詩人從所寫對象裏退去了，敘事詩彷彿在自歌唱，自出現，不需要詩人的熔鑄。

其實，它的本質依然是抒情的，敘事詩是詩人內心世界與外在世界的交融。

——呂進，《呂進文存・第四卷》，重慶：西南師範大學出版社，二〇〇九年，頁二三五～二三六

敘事詩同樣是歌唱生活的最高語言藝術。它的內容本質是抒情性。離開這一點，敘事詩的內容就會同其他不是詩的敘事作品（小說、敘事散文）劃不清界線。

敘事詩當然要敘事，但要合適地處理好事與情的關係，要在抒情中敘事，在敘事中抒情，具有分明的抒情氣質。

——呂進，《呂進文存・第一卷》，重慶：西南師範大學出版社，二〇〇九年，頁二三八～二三九

抒情詩時或也有一定情節。和這種抒情詩相比，敘事詩所敘之事是完整的。換句話說，抒情詩即便有故事，這故事也不完整；敘事詩的故事卻具有完整性。它有頭有尾，有鮮活的人物形象。當詩人從生活中發現這樣的詩的素材的時候，他便會放下抒情詩筆而鋪開敘事詩的詩箋。他寓情於事，由事抒情，以實境逼，促情境生，緣事而發，抒情言志。

但是，敘事詩迴避複雜情節，不以故事的曲折離奇取勝，而是寓豐富於單純。講述傳奇故事是其他敘事作品的長處和著眼點，對敘事詩來講，它會妨礙敘事詩的抒情美。

——呂進，《呂進文存・第一卷》，重慶：西南師範大學出版社，二〇〇九年，頁二四一

敘事詩有情節，但不必完整；敘事詩有人物，但迴避繁多。因為，敘事詩與其說是在講故事，毋寧說是在唱故事，是在對一個簡單的（甚或眾所周知的）故事進行抒情。敘事詩的靈魂是抒情。離開抒情，乾巴巴地敘事，敘事詩就難免要「喪魂落魄」了。從讀者角度看，對敘事詩和非詩的敘事文學，讀者的閱讀態度、期待視野都並不相同。敘事詩的抒情佳句並不比情節在吸引力方面有所遜色，如果不說佳句對讀者的吸引力比情節更大的話。從詩人角度看，他有時會放下詩（包括敘事詩）筆而握起散文的筆寫小說，這通常出現在這樣的情況下：詩人想向讀者講故事，而不是唱故事，這裏，情節成了詩人的主要旨趣。

——呂進，《呂進文存・第二卷》，重慶：西南師範大學出版社，二〇〇九年，頁一八三

敘事詩既具有客體性，又具有主體性，它是二者的和諧。敘事詩是客觀的東西與主體的東西的和諧，是現實生活與詩人內心生活的和諧，是事件與感情的和諧。一句話，敘事詩的基本特徵是它的雙重性。

——呂進，《呂進文存・第二卷》，重慶：西南師範大學出版社，二〇〇九年，頁一八六

敘事詩要求用抒情語言代替單純敘述的語言，用靈感語言代替世俗語言。也就是說，敘事詩的敘述語言應當有高度的形象性、抒情性和哲理性，只有這樣的語言才能顯示敘事詩的雙重性品格——它那特殊的詩美。

——呂進，《呂進文存・第二卷》，重慶：西南師範大學出版社，二〇〇九年，頁一八九

如果說，情節是敘事散文的第一要素，那麼情味就是敘事詩的第一要素，敘事詩既要敘事，又並不太注重敘事。它看重的是所敘之事在詩人心中的情感體驗，並用這一體驗去感染讀者。因此，敘事詩雖然一般要求有相對完整的情節，但是從敘事結構著眼，它總是若干抒情氣質特別分明的故事片斷的聯結。詩人的詩筆跳躍前進。它跳過去的，往往是「敘事」成分多的地方，它停下來流連忘返的「片段」，往往是最有利於抒情的地方。

——呂進，《呂進文存・第三卷》，重慶：西南師範大學出版社，二〇〇九年，頁八三

# 諷刺詩

諷刺詩就是以嘲諷的態度來批判被否定的事物。諷刺詩也是一種特殊品種的抒情詩。如果說政治抒情詩是詩的政論，政論的詩，那麼，它就是詩的漫畫，漫畫的詩。對於敵人來講，它是炮彈；對於自己隊伍的同志來講，它是他們患的精神潰瘍的病歷和藥物。

——呂進，《呂進文存・第一卷》，重慶：西南師範大學出版社，二〇〇九年，頁二六〇

就內容而言，諷刺詩有兩類，一類是嘲諷敵人的，一類是嘲諷自己隊伍的弊端的。對敵人，諷刺詩是雪亮的匕首，要消滅敵人；對自己同志身上的潰瘍，諷刺詩是鋒利的手術刀，要消滅疾病。無論哪一類諷刺詩，都要有憤怒的力量。要有消滅有害事物的威嚴。

——呂進，《呂進文存・第一卷》，重慶：西南師範大學出版社，二〇〇九年，頁二六〇

作為藝術地認識現實和歌唱現實的特別形式的諷刺詩，具有塑造詩歌形象的獨特手法，常見的大體有三種。

一、誇張。

所謂誇張，就是故意言過其實。諷刺詩中常見的，有數量誇張、質量誇張、程度誇張，等等。詩人在運

用誇張的時候，總是不拘泥於原有事物的形象，而是抓住被諷刺事物最突出、最本質的特徵，借助想像，四面揮灑開去，塑造出諷刺形象。後者表面上似乎不同程度地離開了原有事物的形象，實際上，它卻更深刻地表現了原有事物的本質，所謂「遺其形似，反得神韻」。

諷刺詩的生命在於真實。形象的誇張，並不是為了誇張真理，而是為了在更顯明和更富表現力的形式中顯示真理。《文心雕龍・誇飾篇》提出「誇而有節，飾而不誣」，這個「節」「誣」的標準在於諷刺對象的本質。諷刺詩之「言」既要大膽過其「實」，又要有「實」的本質特徵作依據。誇張是諷刺詩達到典型化的手法，而不是歪曲真理的手法。

二、歸謬法。

所謂歸謬法，就是將諷刺對象的謬論，按照他的邏輯予以引申，得出更為明顯、更為荒誕不經的謬論的表現方法。

誇張是放大鏡，歸謬法也是放大鏡。不同的是，前者用的是詩人的放大鏡，後者用的是諷刺對象自己的放大鏡。

三、以言寫形。

諷刺詩的語言要口語化，通俗化，明快有力，忌諱過「雅」。因此，諷刺詩人的基本功之一就是博采口語，尤其是那種充滿諧趣的生動語言。

當然，諷刺詩塑造詩歌形象的獨特手法遠不止這三種。總起來講，諷刺詩既要直率有力，又要婉而多諷；既要言直，又要意婉。諷刺詩的笑，不是賣弄噱頭，低級趣味。表面的醜化是容易的，但缺乏真正的諷刺力量。表面的醜化會使諧趣幽默變為油腔滑調。魯迅說：「詞意淺露，已同謾罵」，而謾罵不是諷刺詩的目的。

諷刺詩要寓莊於諧，寓深刻於輕鬆，讓讀者嘲笑詩中的醜陋形象，同時又讓讀者意識到一點也不可笑，引起他們的深思。

——呂進，《呂進文存・第一卷》，重慶：西南師範大學出版社，二〇〇九年，頁二六一～二六九

諷刺詩的藝術使命就是以笑為武器對社會生活和個別人身上的社會性弊病給予嘲笑和鞭撻。開放、改革的時代大潮沖刷著中國，隨著這大潮也卷起不少泥沙。時代呼喚駭世驚俗的諷刺詩，諷刺詩遇到了發展自己的良好機緣。

如果說，抒情詩的本質是對美的直接肯定，那麼，諷刺詩的本質就是對醜的直接否定。當然，任何否定，如果它要成為有詩意的否定的話，它都必須有審美理想在閃光。

——呂進，《呂進文存・第二卷》，重慶：西南師範大學出版社，二〇〇九年，頁二〇〇

諷刺詩的美學使命就是以笑為武器，對喜劇性事物給予特種評價。假如說抒情詩是對美的直接肯定，諷刺詩就是對醜的直接否定。當然，任何否定，如果要成為生動的、詩意的，就應當有審美理想的光輝——為了審美理想而進行的否定。

——呂進，《呂進文存・第二卷》，重慶：西南師範大學出版社，二〇〇九年，頁四九三

作為雙重視點詩歌的諷刺詩，有兩個基本的美學特徵。

一、常用誇張。

二、口語入詩。

諷刺詩要口語化，通俗化，流暢明快，忌諱過「雅」。大體可以分出三種中國新詩的基本鑑賞方式：歌，誦，讀。諷刺詩多數並不配樂為歌；它更不宜於默讀——讓讀者「讀」的詩和日常語言距離很大；諷刺詩是能誦的詩，是訴諸聽覺的詩，這就是必須口語化的基本緣由。

——呂進，《呂進文存・第二卷》，重慶：西南師範大學出版社，二〇〇九年，頁四九五～四九九

# 小詩

小詩的基本特徵是它的暫態性：瞬間的體驗，剎那的感悟，一時的景觀。給讀者一朵鮮花，讓讀者去領悟春天的喧鬧；給讀者一片落葉，讓讀者去悲歎秋天的寂寞。暫態性不是對小詩的生命的描述。暫態性來自長期的情感儲備和審美經驗的積澱。「蚌病成珠」。優秀的小詩正是這樣的情緒的珍珠。

——呂進，《呂進文存・第四卷》，重慶：西南師範大學出版社，二〇〇九年，頁一四五

小詩是多路數的。有一路小詩長於淺吟低唱，但需避免脂粉氣；有一路小詩偏愛哲理意蘊，但需避免頭巾氣；還有一路小詩喜歡景物描繪，但需避免工匠氣。從詩人來說，艾青是天才，以氣質勝；臧克家是地才，以苦吟勝；卞之琳是人才，以理趣勝；李金髮是鬼才，以奇思勝。

——呂進，《呂進文存・第四卷》，重慶：西南師範大學出版社，二〇〇九年，頁一四六

所謂「刪繁就簡三秋樹」，所謂「繁華之極，歸於平淡」。「就簡」是詩藝的高端，「平淡」是人生的高端，所以，小詩實在是高端藝術。

——呂進，《呂進文存・第四卷》，重慶：西南師範大學出版社，二〇〇九年，頁一四八

唐人司空圖說：「淺深聚散，萬取一收。」小詩的藝術，正是從「萬」取一，從「無限」取「有限」，從「面」取「點」的藝術。詩人從生活的大海中選取最亮的一滴水珠，然後，盡力最大限度地把一切雜質排煉乾淨，於是，出現在人們面前的，就是十分純淨、晶瑩、明亮的小水珠了。

——呂進，《呂進文存・第二卷》，重慶：西南師範大學出版社，二〇〇九年，頁一九三

小詩抒發詩人的瞬間感受，它的落墨點可以是一地的景色，也可以是一個人的畫像，又可以是一時的情緒，還可以是詩人思想火山中迸發出的星星點點的熔岩。這就是說，它在內容上享有極為廣闊的空間。

——呂進，《呂進文存・第二卷》，重慶：西南師範大學出版社，二〇〇九年，頁一九四

中國新詩的小詩，不但接受了印度、日本的影響，它也承繼了民族詩歌（尤其唐及其以後的絕句、小令）的藝術遺產。小詩具有暫態性、哲理性、精巧性等美學特徵，由此可以將短詩和小詩分辨開來。

一、暫態性。

小詩在暫態性上比其他類型的詩更為突出。它往往表現的是一時的情調，一時的景觀，剎那間心態的變遷，暫態的個人的感應。可以說，小詩是情緒的珍珠。

二、哲理性。

小詩常涵哲理意蘊，表現詩人在暫態間對人生、自然的頓悟。但是這種哲理意蘊又有別於哲理詩。由於時間（暫態性）、篇幅（簡潔性）的制約，小詩的哲理意蘊不宜負載過重。

三、精巧性。

小詩以在篇幅上的「小」而定位。景不盈尺而遊目無窮，是小詩的目標，因此，小詩的每個字的分量都特別重。這種精巧有時到了只有一個字。小詩常有飄逸、神秘的風韻，但是，它的簡潔絕非深奧。相反，簡潔的小詩總是流暢的，既自然，又雋永。

中國小詩出現在二〇年代初。此前，從吸收域外營養而言，新詩主要接受的是西方影響，小詩則是轉而接受東方影響的標誌。但是，中國新詩的小詩並不只是外國影響下的產兒，它的血管裏流動著中國民族詩歌的血液。縱向考察，中國新詩的小詩和《詩經》部分作品、唐及其以後的絕句和小令、古代民歌中的子夜歌等明顯地有承接關係。

——呂進，《呂進文存・第二卷》，重慶：西南師範大學出版社，二〇〇九年，頁四七二～四七七

中國新詩的小詩的淵源之一則是印度小詩（梵文叫偈陀，本是佛經中的唱詞）。人們常常議論西方詩歌對中國新詩的影響，其實，中國新詩也從東方詩歌汲取過營養，小詩就是見證。中國小詩既受到日本的和歌和俳句的啟迪，也借鑑了印度的宗教哲理小詩。日本語是多音節的，所以三十一音的和歌和十七音的俳句很難學，這樣，印度小詩在中國的實際反響更大。也許由此可以弄清中國小詩何以多半灑脫，多半飄逸。因為，日本和歌與俳句是入世的，而印度小詩是出世的。

小詩的最大特徵是它的暫態性：瞬間的體驗，剎那的頓悟，一時的景觀。它使讀者從有限中領受無限，從暫態中妙悟永恆。小詩是陽光下的露水，情緒的珍珠。唐以後的絕句和小令的神韻和小詩不一定完全相通。但在外觀上倒的確相似。暫態性不是對詩的生命的描述。暫態性來自長期的情緒儲備和審美經驗的積澱。優秀的

小詩是開放式存在，它等待讀者的介入與創造。它在多義性、多感性、多時性中獲得永無終結的美學效應。

——呂進，《呂進文存・第三卷》，重慶：西南師範大學出版社，二〇〇九年，頁一二〇～一二一

小詩必須做到詩無遊字，詩無閒詞，每個字的作用都特別大，每個字的分量都特別重。而且，小詩必定要運用暗示，以突破篇幅，帶給讀者一個廣闊無垠的詩的世界。

其次，小詩往往表現的是一時的情調，一時的心靈感應，內心世界一時的變遷。瞬間性，是小詩與短詩的內在的區別。

——呂進，《呂進文存・第三卷》，重慶：西南師範大學出版社，二〇〇九年，頁二七五～二七六

小詩是一種自由詩，但是，它又有別於其他自由詩。最基本的特點就是「小」，三五行、七八行的即興詠歎而已。所以小詩藝術在於小與大、簡單與豐富、完成與未完成的融合。它小，可是它抒寫的生命、人生、時代、自然、宇宙卻很大。它簡單，可是它又常常微塵中顯大千，剎那間見終古。對於詩人，它是完成品；對於讀者，它卻是未完成的開放式框架，等待讀者的創造。小詩的品格完全用得上英國詩人布萊克說的那句話：「一沙一世界，一花一天堂。」沒有大的小，不是小詩。沒有豐富的簡單，不是小詩。沒有未完成空間的完成品，不是小詩。

對於詩人，「小」是制約，「小」也是巨大的機會。敗也小，成也小。小詩以「小」帶給讀者無窮的審美樂趣。

——呂進《上善若水》《重慶晚報》，二〇一一年三月十三日

# 無題詩

好的詩題，是一首詩作為有機體的一部分。或者更確切一點，好的詩題是一首詩的眼睛，也是一首詩的語言濃縮劑。

無題，有時是詩人不願說破——有些情思和意境一經說破就索然無味了。無題，有時是詩人不能說破——無題詩大多別有寄託，那寄託在某一特定環境下只能隱在詩行間。無題，有時是詩人無法說破——無題詩的複雜心緒很難讓一個詩題站住。有詩題的詩，如果題目取得不好，有就是無。無題詩，如果詩寫得好，無就是有。讀者在會心中會得到自己的詩題。

中國新詩的無題詩較之古代無題詩，藝術視野更寬闊。除了愛情詩以外，哲理詩的實績也十分突出。此外，慨歎人生、吟詠性情的抒情佳作也不少。

——呂進，《呂進文存・第三卷》，重慶：西南師範大學出版社，二〇〇九年，頁一三七～一三八

# 散文詩

散文詩在音樂美、排列美上不如其他品種的詩那樣嚴格。它有語言的自然節奏，而並無有規律的節奏；它一般有留戀非韻文的傾向。從音樂美的角度講，散文詩有如舞臺上的無伴奏合唱。散文詩不分行排列，分節全憑自然，從這個角度講，它有如天上流雲，有如山間小泉，無拘無束，不尚打扮。

因此，在詩的所有品種中，卷舒自如的飄逸美、疏放美是屬於散文詩的詩美。

——呂進，《呂進文存・第一卷》，重慶：西南師範大學出版社，二〇〇九年，頁二七九～二八〇

從大量詩歌現象看，許多散文詩的寫作有兩個明顯的共同點。

一、小處落墨。

散文詩的落墨點常常是自然界或者人們生活中的一個景物。小樹、浪濤、礁石、漁網、溪水、小橋、草原、沙漠、雲、霧、雨……都是散文詩的常見題材。

但是，景物只是散文詩形式上的中心，它只是詩人所抒之情的依託。散文詩並不真正以客觀景物為中心，而是以主觀感情為中心，「一切景語皆情語」，以細小的景物寓博大的情思。

二、重象徵。

和「小處落墨」這個特點相聯繫，散文詩在修辭方式中最常用象徵、排比和重疊。尤其是象徵，是許多散文詩的基本手法。散文詩重暗示，重啟迪，因而在表現手法上重象徵，這是順理成章之事。

「小處落墨」使詩章化抽象為具體，象徵使詩章寓抽象於具體；

「小處落墨」使詩章化大為小，象徵使詩章即小見大；

「小處落墨」使詩章化理念為形象，象徵使詩章寓理念於形象；

「小處落墨」與象徵，是散文詩左右二翅，使散文詩從生活的具體景物出發，經過詩人獨特的抒情邏輯，達到對生活作哲理式的詩的概括。這樣，詩人筆下的具體景物，就是一種豐滿的、變形的詩的景物，含味外之旨，響弦外之音，有無跡之跡。

散文詩常常如此：以一朵花代表春天，以一滴水表現大海。散文詩借助於象徵手法，很像從春色滿園的庭院伸出牆頭的一枝紅杏，是「猶抱琵琶半遮面」的歌者。它啟迪讀者心智，開拓讀者胸襟。

正因為散文詩常常是象徵的，所以，詩歌形象務求集中，簡約，它要以單純取勝。堆砌形象，反而會造成詩篇過多過重的負擔，把感情的彈簧拉得過長，喪失它的彈力，從而喪失它歌唱生活的嗓音，所謂「當收不收，境界填塞」。落墨點集中，開掘度深廣，散文詩就越能取得象徵意味，擴大自己的容量，「盡而有餘，久而更新」。

——呂進，《呂進文存・第一卷》，重慶：西南師範大學出版社，二〇〇九年，頁二八三～二八五

散文詩對世界的審美把握既相同於抒情詩，又不同於抒情詩；既不同於散文，又相同於散文。可以說，散文詩是詩的主體性與散文的客體性、詩的表現性與散文的再現性在詩的熔爐中的統一。

不同之中總有一些相同的基本質素——散文詩語言的質素。在我看來，它包括以下幾個特徵。

第一，簡潔而又舒放。

散文詩語言要字字用精取巨集，又要有散文語言的行雲流水之美，舒放自如之美。這樣的有縹緲搖曳風致的語言，才能更好地抒發散文詩的詩情。

第二，暗示而又明確。

第三，鏗鏘而又飄逸。

外觀上簡潔而又舒放，內涵上暗示而又明確，音韻上鏗鏘而又飄逸，這就是散文詩語言的風采。

散文詩語言的每一個特徵都是一對矛盾的統一體，失去其中任何一方，我們都會失去散文詩的語言，使「豆花」或者變成「黃豆」，或者凝為「豆腐」。

——呂進，《呂進文存・第二卷》，重慶：西南師範大學出版社，二〇〇九年，頁二〇五～二一〇

散文詩是散文和詩兩種文體的結合。「結合」的公式是一＋一＝一，而不是一＋一＝二。散文詩代表了一種新的美學精神，它是新的藝術形式對新的心理經驗和審美空間的應和，具有小處尋詩和牧歌意緒這兩個美學特徵。

——呂進，《呂進文存・第二卷》，重慶：西南師範大學出版社，二〇〇九年，頁四八六

作為散文形式的詩，散文詩有三個值得注意的美學特徵。

一、表現與再現的融合。

作為詩，散文詩是內視點的，它是主觀性、心靈性的。它將世界的一切吸入主觀心靈。作為散文，散文詩是外視點的，它是客觀的、實體性的。它不像抒情詩那樣將一切描寫元素、敘述元素儘量排除。相反，它正是在這些元素上尋求有限度的解放，創造自己的美。

二、小處尋詩。

一山一石，一人一景，常常給散文詩人以靈感。小處尋詩，是說散文詩的選材特點，決非指散文詩只是「小擺設」，只有「小」價值。相反，散文詩在陶冶現代人的性情上是有重大美學意義的。而且，散文詩人常常運用象徵手法，使意象飽滿，小中見大，以實涵虛。

三、牧歌意緒。

在優美與壯美中，散文詩更傾心於優美。換句話說，散文詩更傾心於婉約之美，傾心於輕快優雅之美。按照福克爾特的劃分，向上的無限的美是高貴的優美；向下的有限的美是可愛的優美。散文詩對這兩種優美都鍾情。

——呂進，《呂進文存·第二卷》，重慶：西南師範大學出版社，二〇〇九年，頁五〇三～五〇四

# 劇詩

劇詩是劇形式的詩，與詩劇有質的區別。從詩劇與劇詩的聯繫與區別落墨，大概便於說清楚劇詩的基本特徵。詩劇是詩形式的劇。從形象創造、情節結構看，詩劇都符合劇的要求。它有一定角色間完整的衝突過程，或者將人生有價值的東西毀滅給人看，或者將無價值的東西撕破給人看，或者把二者結合起來。它可供演出，通過一個、一組甚至若干組事件的發生、發展、高潮和結局，一環緊扣一環，以「懸念」抓住觀眾。

——呂進，《呂進文存・第二卷》，重慶：西南師範大學出版社，二〇〇九年，頁八四

詩劇與詩有緊密關係，但是，它仍究是劇的一個品種或變種。劇詩，就不是劇的分支了，它屬於詩的家族。由詩的本質支配，劇詩與詩劇有一系列的不同點：其一，劇詩雖然也有戲劇衝突，但這種衝突不一定完整，更不複雜，因為劇詩歌唱故事，不像詩劇演出故事；其二，劇詩的「登場人物」實際並不「登」劇「場」。它們可以是實的形象，也可以是虛的形象，不受舞臺限制；其三，劇詩的臺詞是詩。詩劇的臺詞有詩的色彩，但由於受到舞臺演出的支配，這種臺詞必須有動作性和直觀性。因此，它們有的是詩句，有的則不是。劇詩的臺詞可以擺脫「台」的限制，因而也就可以不考慮動作性和直觀性。劇詩不供演出，只供朗誦，它的臺詞都是詩。

——呂進，《呂進文存・第二卷》，重慶：西南師範大學出版社，二〇〇九年，頁八五～八七

# 歌詩

歌詩不大屬於文學，又不能不屬於文學；歌詞學不屬於詩學，又不能不屬於詩學。中國古代詩歌起源於歌詩，有悠久的發展歷史，但在理論上幾乎是個空白。中國新詩不起源於音樂，甚至不起源於中國，和歌詞更成了陌路。

——呂進，《呂進文存・第三卷》，重慶：西南師範大學出版社，二〇〇九年，頁四〇四～四〇五

就中國新詩而言，大體可以分出三種基本欣賞方式：歌、誦、讀。能歌的詩的節奏、韻式都十分鮮明整齊，和日常語言有一定距離；能誦的詩比較接近日常語言的自然節奏；能讀的詩和日常語言距離很大，尋求的是詩的內在節奏。

——呂進，《呂進文存・第二卷》，重慶：西南師範大學出版社，二〇〇九年，頁二一一

歌曲是綜合藝術，是一對矛盾的和諧：語言藝術與聲樂藝術的和諧，詩歌與音樂的和諧。這一和諧的取得要靠矛盾雙方的相互制約與相互充實，這一和諧的實現決定了歌曲的完整性與審美價值。

就歌詞而言，它不同於一般的詩，它憑藉歌曲的樂曲而獲得旋律，使自己在義與音的交融中得到強

化；另一方面，歌詞又不能像一般的詩那樣自由，音樂是時間性藝術、聽覺藝術，歌詞在這方面受到很大的制約。

——呂進，《呂進文存・第二卷》，重慶：西南師範大學出版社，二〇〇九年，頁二一三

歌詞常常與口語是拉開距離的，在詩歌各品種中，歌詞的形式化程度最高。

——呂進，《呂進文存・第二卷》，重慶：西南師範大學出版社，二〇〇九年，頁二一五

和新詩一樣，歌詞的音樂美的主要基礎因素是節奏，節奏是旋律的骨架。歌詞的節奏包括三個相互聯繫的方面：一，節奏式，即節奏單位的組成方式和節奏單位組成詩行的方式；二，韻式，即韻的組成方式和韻在詩中的佈置方式；三，段式，即詩行組成詩節的方式和詩節組成整首歌詞的方式。

歌詞的節奏必須比詩的節奏更鮮明和更統一，才能便於譜曲和演唱。漢語歌詞不是力的節奏，因為漢語沒有重音。漢語歌詞是時代的節奏，其節奏單位是頓，即一個呼吸群所占時間的長度。

——呂進，《呂進文存・第二卷》，重慶：西南師範大學出版社，二〇〇九年，頁二一六

一般講來，歌詞的收尾一頓比較重要，以雙字頓收尾就形成說話語調，以單字頓收尾就形成歌唱語調。

韻式也是一種節奏式。對詩歌來講，押韻並不是必不可少的；對歌詞來講，押韻卻是必須做到的。押韻不但使歌詞鏗鏘悅耳，而且加強了歌詞的節奏感；音韻又是一種黏合劑，將歌詞粘成脈絡相通的整體；音韻還是演唱者、鑑賞者的情感略事落腳的地方。不押韻的歌詞是難以譜曲的。

——呂進，《呂進文存·第二卷》，重慶：西南師範大學出版社，二〇〇九年，頁二一六～二一七

段式也是一種節奏式。一首歌詞由幾段組成和如何組成，這首先給作曲家和歌詞讀者以視覺上的節奏感，而後給樂曲的體式以影響。一首歌曲由幾個樂段組成和如何組成，怎樣有層次地去表達相對完整的音樂思想，這和歌詞的段式關係極大。

——呂進，《呂進文存·第二卷》，重慶：西南師範大學出版社，二〇〇九年，頁二一八

# 軍旅詩

換一個角度，從狹義的「軍旅詩」考察，在當代中國，以國防綠為識別標誌的軍旅詩也有相當程度的發展和繁榮，這是中華詩歌傳統的一種很自然的現代化轉換。

——呂進，《耀眼的國防綠——序洪芳〈中國當代軍旅詩歌論〉》，《中外詩歌研究》二〇一一年第四期

中國的軍旅詩從來不是把眼光聚焦在戎裝上，而是深情地凝視著穿軍裝的人。

——呂進，《耀眼的國防綠——序洪芳〈中國當代軍旅詩歌論〉》，《中外詩歌研究》二〇一一年第四期

當代軍旅詩顯然也在沿著從寫表面的軍裝到寫穿軍裝的人這樣的發展路子在前行。而且，當代軍旅詩還在尋求從一般的寫詩套路到尋求詩人的個性表達這樣的多元途徑的發展，當代軍旅詩人沿著從鍾情大題材到創造大手筆這樣的詩歌向度在提升。

——呂進，《耀眼的國防綠——序洪芳〈中國當代軍旅詩歌論〉》，《中外詩歌研究》二〇一一年第四期

# 校園詩

校園詩歌的題材一般就是大學校園。同學、教授、教室、操場、讀書、愛情、友情，都是校園詩歌的常見題材。校園在詩歌中已經成為了詩化校園，它來自現實校園，又和現實校園拉開了距離；它將現實校園拆成零件，然後再將現實校園按照詩美規律重新組合，讓校園獲得詩的靈氣，發散詩的韻味、幻象和魅力。

——呂進，《呂進文存・第四卷》，重慶：西南師範大學出版社，二〇〇九年，頁六二

大學生是中華民族的優秀文化傳統的發掘者。熟悉優秀文化，飽讀詩書，知曉中華文化的來龍去脈，是大學生的普遍特點。所以，校園詩歌的文化含量比較多，文化意味比較濃，文化品位比較高。校園詩歌顯然不但是優秀傳統文化的包容者和承繼者，它還是傳統文化的現代轉換者。校園詩歌選擇了現代品格。在傳統文化的傳承、發現、轉化過程中，校園詩歌顯示出自己的文化精英的風貌。

——呂進，《呂進文存・第四卷》，重慶：西南師範大學出版社，二〇〇九年，頁六二～六三

校園詩人是現實的關注者、思考者和批判者。現實的一切都具有它的合理性，正因為如此，它才會成為現實；現實的一切又都具有流動性、暫時性、歷史性，隨著時代的前行，社會的發展，它會日益顯示出它的

某些領域的非合理性。因為，校園詩歌對於校園和社會的那些不合理的方面，總是持批判態度。文化精英在他的時代總是帶有先鋒性。先知先覺，批判精神，正是先鋒性的體現。他們不會與平庸妥協，更不屑與平庸為伍。文化精英的詩就是人類正義的聲音，就是社會良心的歌。

——呂進，《呂進文存·第四卷》，重慶：西南師範大學出版社，二〇〇九年，頁六三

# 女性詩歌

其實，就本質而言，詩的天空理所當然更多地屬於女性。詩是仰仗想像力的藝術，女性最善於張開想像的翅膀；詩是情感的領域，女性從來是情感的富有者；詩是內視的文學，女性常在內視世界流連；詩的自傳性、私人性、身世感等等文體特徵都與女性的天性相通。

——呂進，《呂進文存・第三卷》，重慶：西南師範大學出版社，二〇〇九年，頁二四四

女性意識與自白的言說方式可以說是女性主義詩人的共同風貌。在她們那裏，性別話語是唯一話語，她們在詩歌中的審美性存在和她們生活中的現實性存在幾乎是完全重合的。女性主義詩人往往傾心於表達性別覺醒，表達對男性話語權力的懷與拒絕，表達對在男權社會中久已失落的自我的尋覓。

——呂進，《呂進文存・第三卷》，重慶：西南師範大學出版社，二〇〇九年，頁二四六

對「feminism」的中譯最後定位於「女性主義」而非「女權主義」，顯示了一種更符合中華民族傳統心態的文化選擇。

——呂進，《呂進文存・第三卷》，重慶：西南師範大學出版社，二〇〇九年，頁二四七

女性詩歌的另一文本是由冰心那一代開啟的女子詩歌。女詩人言說女性的世界，在詩與社會的聯結上披露女性的性別覺醒，在內心世界與外在世界的聯結上詠唱那些屬於女性詩人的主題。比之女性主義詩歌，女子詩歌顯得更樂意打量他人，更樂意觀照外部世界，視野更開闊，聲域更寬廣。

——呂進，《呂進文存・第三卷》，重慶：西南師範大學出版社，二〇〇九年，頁二四七

對女詩人來說，有意識地出演女性角色是一種功利心態，性別張揚其實是一種性別自信的失落；對詩壇來說，性別優先其實是性別歧視的另一種包裝。

——呂進，《呂進文存・第三卷》，重慶：西南師範大學出版社，二〇〇九年，頁二五〇

# 愛情詩

愛情是詩的古老而永恆的主題。詠唱這些「母題」，不另闢蹊徑，很容易落入窠臼。愛情是十分美好又十分複雜的感情狀態。它具有不可描述性、不確定性和不可窮盡性的特點。它可以有確感，卻不可能有確說。於是，境界的創造就非常重要。

——呂進，《呂進文存‧第四卷》，重慶：西南師範大學出版社，二〇〇九年，頁一一〇

幾千年的中國情詩形成了自己的傳統：含蓄、委婉，與「性欲」拉開距離，築造情感的淨地。作為中國現代文化的排頭兵和急先鋒，愛情是新詩的重要主題。新詩是中國詩歌的現代形態，也是現代詩歌的中國形態。所以，中國新詩繼承了中國古詩的愛情主題，但是又具有現代氣質。它不僅歌唱愛情，而且賦予愛情詩以更深刻的屬於現代的人性內涵和社會內涵。

——呂進，《呂進文存‧第四卷》，重慶：西南師範大學出版社，二〇〇九年，頁二二二

# 詩運篇

# 詩歌傳統與傳統詩歌

傳統詩歌與詩歌傳統是兩個相互聯繫而又相互有別的概念。傳統詩歌是指作品，是物態化的；詩歌傳統是指傳統詩歌中的某些藝術元素，是外在於作品的，精神化的，它活躍於當代詩歌中。民族詩歌傳統首先是一種文化精神，一種道德審美理想。民族詩歌傳統也包括詩歌審美成就的歷史繼承性和形式發展的接續性。只從後者來談論傳統，有以偏概全之弊。

——呂進，《呂進文存・第二卷》，重慶：西南師範大學出版社，二〇〇九年，頁四一五

優秀詩歌傳統以支配多數的社會成員的詩歌觀念而獲得了廣泛性，它在一代代承傳中又獲得了神聖性。誰也不可能將具有廣泛性、神聖性的優秀詩歌傳統反對掉。如果真能將它全部推掉，那麼，我們民族將因失去數千年的詩歌文化蓄庫而淪為粗俗的民族。

——呂進，《呂進文存・第四卷》，重慶：西南師範大學出版社，二〇〇九年，頁二一三

詩歌傳統離不開傳統詩歌，但不等於傳統詩歌。當我們說承繼詩歌傳統的詩歌，不是（或主要不是）要提倡新詩向古詩的靠攏，不是（或主要不是）說要提倡今人寫古詩。

——呂進，《呂進文存・第三卷》，重慶：西南師範大學出版社，二〇〇九年，頁九一

新詩作為徹底否定古詩的產物，顯然是不正常的，在世界上也沒有先例。但是對傳統的承傳要有現代處理。中國傳統詩學的最後一位優秀學者是王國維。王國維學識淵博，很富詩人氣質。……他的可貴在於，將中國的治學傳統和西方的治學方法融會貫通，在詞論領域從事創造性的研究。從王國維的造境和寫境、有我之境和無我之境、詩人之境和常人之境以及關於「赤子之心」等等言說，都可見出他的詞論與西學，尤其是叔本華的關係，這為中國現代詩學開了一個好頭。列寧說過：「判斷歷史的功績，不是根據歷史活動家有沒有提供現代所要求的東西，而是根據他們比他們的前輩提供了新的東西。」王國維的「新的東西」就是傳統的現代化處理。

——呂進，《呂進文存・第四卷》，重慶：西南師範大學出版社，二〇〇九年，頁四一

中國新詩當然要不斷尋求新變。不論如何變，它總得有中國氣派。傳統詩歌與詩歌傳統，是互相有聯繫又互相有區別的藝術概念。傳統詩歌是指作品，是物態化的；詩歌傳統是指傳統詩歌中的某些藝術元素，是外在於作品的，精神化的。

——呂進，《呂進文存・第三卷》，重慶：西南師範大學出版社，二〇〇九年，頁一一五

由簡而繁，由不定型到定型，是詩歌文體發展的總規律。具體言之，可以標舉三大規律。

一、時代主潮定律。再觀察一下詩歌現象，我們還可以看到一個時代的主潮文體的來潮和退潮的過程。主潮文體在其剛剛出現的時候，往往都在民間，處在文學的邊緣。隨著這個文體的發展，尤其是經過文人的改造、加工，邊緣文體走向中心，成為中心文體。一種文體的中心化，也同時就是它衰落的開始。由於中心文體漸次成為俗套，失去當初的創造力和生命力，讀者也厭舊而喜新。新的邊緣文體的中心化的前提，是原有中心文體的邊緣化。邊緣文體——中心文體——邊緣文體，這就是時代主潮律的全過程。

二、迴圈發展定律。由風騷開創的等言化、格律化和非等言化、散文化的詩歌兩立式構架，是中國三千年詩歌的基本畫圖。這兩種相逆的審美取向總是迴圈發展的。盛極而衰，周而復始。

三、相互影響定律。在文體發展中，詩歌不同文體處於交相互影響的來復關係之中。不但是主潮文體影響別的文體，別的文體也反過來影響主潮文體。這種相互影響不僅存在於共時的各文體之間，也存在於歷時的各文體之間。詩與其他某些非詩文體，與其他某些藝術門類，與其他某些文化領域都有內在聯繫，二者之間也有相互影響。這些影響，推動了詩歌文體的更新，增多了某一詩歌文體的藝術能量；在這些相互影響的重疊處，有時還會產生出新文體。

——呂進，《呂進文存‧第三卷》，重慶：西南師範大學出版社，二〇〇九年，頁一七七～一七九

# 生命意識與使命意識

優秀詩歌總是生命意識與使命意識的和諧。它是出世態度與入世態度的統一，是日神精神和酒神精神的統一，是心理世界與物理世界的統一，是擺脫功利與社會指向的統一，是超脫因素、遊戲因素與參與因素、嚴肅因素的統一。

只有使命意識而沒有生命意識，詩就會從體驗世界蛻化為敘述世界。這樣的詩缺少詩的素質，只能成為劣等的敘事文學——它在情節性上大大遜色於小說，在內幕性上大大遜色於紀實文學，在邏輯性上大大遜色於政論文學。

只有生命意識而沒有使命意識，詩魂就會瘦弱，詩貌就會猥瑣，詩就會變成只屬於詩人個人的「玩物」，除了個人身世感外別無其他。

——呂進，《呂進文存・第二卷》，重慶：西南師範大學出版社，二〇〇九年，頁二五八～二五九

就創作過程而言，詩人寫詩往往是為了解脫外部對情感的重負，是為了一吐積愫。但是，宣洩不是優秀詩歌的終端目標，宣洩的目的是為了將詩美光亮投進讀者心靈，提高讀者對美的領悟性，淨化讀者心靈。

更過細地說，詩有兩種淨化功能。一是淨化情感，幫助讀者提高「體驗與文明人相稱的那些感受的能力」（艾略特）。在物質生產過程中，在商品社會中，人性被淡化，人在某種程度上被物化。詩是對人性的追求與補償。詩人的職責在於提高同時代人的人生質量：以人格力量和道德力量幫助讀者。

另一種是在八〇年代中期達到頂峰的「偽現代主義」作品，所吟唱的荒誕、孤寂、絕望、無聊等等心緒，都顯得做作，似在「移植」西方進入「後工業社會」之後的部分人的體驗。虛假的詩歌沒有力量淨化讀者真誠的心靈。

詩除了有社會機能，還有語言機能。詩中的心靈不但不是原生態的心靈，而且還是藝術符號化了的心靈。因此，詩人對語言要有異常的支配、駕馭、創造能力。優秀詩歌的語言足以影響一個民族的語言習慣和語言質量，所謂「不學詩，無以言」。

詩，是生命意識與使命意識的和諧，可以預言，大詩人將只能從這和諧中誕生。

——呂進，《呂進文存‧第二卷》，重慶：西南師範大學出版社，二〇〇九年，頁二五九～二六一

# 開放與傳統

所謂民族化的形式，就是要批判繼承和發展民族傳統和民族風格，就是要有中國作風和中國氣派。民族形式的中心在於新詩的語言。新詩應當採用我們民族的純正語言作為工具，這才能很好地抒發我們民族的詩人之情與人民之情。

如同只有屬於今天的詩，才能屬於未來一樣，只有民族化的詩，才能屬於世界。新詩要走向世界。但越是世界性的，其形式就越是民族化的。

——呂進，《呂進文存・第一卷》，重慶：西南師範大學出版社，二〇〇九年，頁一四一

創構中國現代詩學體系的重要前提，是在與西方詩學的比較中把握中國傳統詩學的精髓，以便在開放中建立中國現代詩學的民族性框架。

以古希臘為代表的西方文化和以中國為代表的東方文化的相異，是中國詩歌與西方詩歌、中國詩學與西方詩學相異的文化背景。

——呂進，《呂進文存・第二卷》，重慶：西南師範大學出版社，二〇〇九年，頁二八六

創構中國現代詩學體系的重要前提，是在與西方詩學的比較中把握中國傳統詩學的精髓，自覺地運用源遠流長、自成特色的中國傳統詩學，構築民族性的理論大廈。

詩是最富民族性的文體，詩學是最富民族性的文學理論。隨著人類文明的發展，世界詩歌的整體化傾向露頭。整體化傾向絕不意味著詩歌和詩學的民族風韻在相互交融與認同中的遺失。

——呂進，《呂進文存・第二卷》，重慶：西南師範大學出版社，二〇〇九年，頁二八八

開放決不意味著摧毀民族傳統。在開放環境中開拓詩歌創新之途，看來有兩個相互聯繫的側面，一是外國藝術經驗的本土化，一是民族傳統的現代化。

——呂進，《呂進文存・第二卷》，重慶：西南師範大學出版社，二〇〇九年，頁四一六

早期中國新詩在開放與傳統的關係上處理就不盡恰當。這造成新詩先天不足，其影響及於現在。當年的新文化運動在民族傳統問題上有比較嚴重的民族虛無主義傾向。全盤摧毀傳統、全盤肯定西化的文化思潮對新詩走向進行了誤導。

——呂進，《呂進文存・第三卷》，重慶：西南師範大學出版社，二〇〇九年，頁一八

談到民族傳統，往往有兩種誤解。一是將民族傳統看做是一成不變的凝固的古董，很自然的，這樣來談保持傳統，就有很濃厚的守舊和封閉色彩。其實，民族傳統是一江流水，是一代又一代的永恆創造。二是將民族傳統僅歸結為形式因素的繼承與發展，實際上，民族傳統有遠比形式因素寬泛的內涵。

一個民族的詩歌總是處在永恆變化中。沒有變化，就意味著死亡。但如果細心考察，又可以發現，在某一民族詩歌的永恆的無窮盡的變化中總是有一些有別於其他民族詩歌的恆定的不變的藝術精神和形式特徵，這就是民族傳統。循著這個線索，我們可以更深刻地把握古代詩歌——鑑賞古代作品中的現代藝術因素；我們也可以更準確地把握現代詩——發現現代作品的藝術淵源；我們甚至可以預測未來——從變化與恆定的矛盾統一中去探知詩歌的路向。

民族傳統首先是一種文化精神，一種道德審美理想。

中國傳統詩歌總是以整個國家為本位，總是以整個人群社會為著眼點。它對個人的命運的同情，常常是和對民族大業的關注聯繫在一起的。在中國傳統詩歌的哲學精神中，可以看到儒、道、佛三家的相含相融：儒家的拯世救民思想和道家、佛家的主愛精神。

——呂進，《呂進文存．第三卷》，重慶：西南師範大學出版社，二〇〇九年，頁一九～二〇

中國詩歌注重聽覺，而不像西方詩歌那樣注重視覺；中國詩歌注重給讀者朗誦的方便，而不像西方詩歌那樣注重給讀者提供默讀的作品。在詩體上，中國詩歌注重格律詩，如果過分地極端地效法西方自由詩，中國讀者就難以接受。

——呂進，《呂進文存．第三卷》，重慶：西南師範大學出版社，二〇〇九年，頁二三

從民族傳統看，中國詩歌除了素來推崇音樂性以外，也推崇含蓄蘊藉。中國詩歌重暗示，不太喜愛一瀉無餘；中國詩歌重意境，以情景相融、超逸象外為上；中國詩歌重明白簡約，以言近旨遠為很高的美學境

界。古典詩論中的「隱」、「複意」、「煉」都是重要的美學範疇。換個角度，含蓄蘊藉也與音樂有關，它是詩的音樂精神。

——呂進，《呂進文存・第三卷》，重慶：西南師範大學出版社，二〇〇九年，頁二四

中國新詩絕對不能與中國古典詩歌傳統隔絕。詩，除了具有共有品格，它作為文化現象，不同民族的文化又會造成詩的不同品格。中國詩歌有自己的道德審美精神，有自己的審美方式、運思方式與語言理想，有自己的形式技巧寶庫。推掉幾千年的詩歌傳統，新詩只能成為輕飄、輕薄、輕率的無本之木。

——呂進，《呂進文存・第三卷》，重慶：西南師範大學出版社，二〇〇九年，頁六四

詩總是由內向外的。「內」在的體驗無比豐富，「外」在的形式自然也無比豐富。在形式上最應忌諱的是大一統，是定於一尊。

——呂進，《呂進文存・第三卷》，重慶：西南師範大學出版社，二〇〇九年，頁六六

外國詩歌一經傳入異域，就必須受到異域詩歌觀念的「過濾」與本土化處理，受制於異域讀者的期待視野。臧克家在語言方式上，多少汲取外國經驗，但不唱洋腔洋調，而是讓「本土化」的異域詩歌藝術為吟詠中國詩情獻力，可以說這是世界上一切大家的風度。

——呂進，《呂進文存・第三卷》，重慶：西南師範大學出版社，二〇〇九年，頁七四

民族優秀詩歌傳統，也是詩歌審美成就的歷史繼承性和藝術形式發展的連續性。馬克思主義詩美學，從來不看輕詩的形式，馬克思主義詩美學和形式主義詩美學的分野，在於前者總是將詩看成是一種特殊意識形態，拒絕將詩僅僅歸結為形式。

——呂進，《呂進文存・第三卷》，重慶：西南師範大學出版社，二〇〇九年，頁一一六

# 新詩的破與立

如果說前新時期（一九七六～一九七八）的新詩主要是在恢復自己與生活的聯繫的話，那麼，在新時期（一九七九～一九八五）和後新時期，新詩就主要在探索詩之為詩的獨特性：與生活相聯繫的途徑的獨特性，與生活相聯繫的藝術媒介的獨特性，作者與作品相聯繫的獨特性。

——呂進，《呂進文存・第四卷》，重慶：西南師範大學出版社，二〇〇九年，頁二〇

「年年歲歲花相似，歲歲年年人不同。」詩歌雖是詠花，也是詠人。善從「相似」尋「不同」，是一切有志氣的詩人所追求的。

一首詩歌所以出色，往往在於它出格。詩人要善於創格，也要勇於破格。不但勇於破人之格，尤其要勇於破己之格。蘇軾說：「作詩必此詩，定知非詩人。」拘於一格，筆墨單調，是「江郎才盡」的象徵，「即將落伍」的兆頭。

——呂進，《呂進文存・第一卷》，重慶：西南師範大學出版社，二〇〇九年，頁三一三～三一四

新詩是中華詩歌的現代形態。百年新詩發展到了今天，必須在「立」字上下功夫了，新詩呼喚「破格」之後的「創格」。許多誕生之初就出現的問題至今仍然困擾著新詩。中國是詩的國度，詩從來就是文學中的文學。但是，新詩卻失去了文學王冠的位置，到了新世紀，處境已經越來越尷尬。新詩需要在個人性與公共性、自由性與規範性、大眾化與小眾化中找到平衡，在這平衡上尋求「立」的空間。

——呂進，《重破輕立・新詩的痼疾》，中國藝術報，二〇一一年十月二十六日

破多立少的新詩必須在「立」字上革命，新詩人必須要有形式感，必須要有融合「變」與「常」的智慧與功力，這樣，漂泊不定的新詩才能立於中國大地之上，才能適應時代的審美，在詩壇上充當主角。格律體新詩的成形就是一種必須的「立」，涉及新詩生存與生長的「立」。

——呂進，《走向新詩的盛唐——序東方詩風論壇十年詩選》，《重慶藝苑》二〇一一年第三期

# 詩的大衆與小衆

一首詩歌只有堅持大眾化，才能真正堅持民族化；只有堅持民族化，才能取得大眾化的可能。只有在長時期內受到大多數鑑賞者喜愛，詩歌才能顯示它是有較高價值的。

——呂進，《呂進文存‧第一卷》，重慶：西南師範大學出版社，二〇〇九年，頁一四三

民族化、大眾化，並不是單一化的同義詞。

對於詩歌來講，難懂未必難寫，易懂未必易寫。以為讀者越讀不懂，詩的水平就越高，實屬誤解。「明月直入，無心可猜」，「清水出芙蓉，天然去雕飾」，要做到這種明朗、自然的境地，才是最費功力的。民族化、大眾化，並不是「單一化」的同義詞。民族化、大眾化的形式是無限多樣的形式，隨著歷史的發展、詩歌的發展，形式的變幻與豐富是沒有止境的。把民族化、大眾化變作單一化，這已由詩歌史證明是十分有害的。

——呂進，《呂進文存‧第一卷》，重慶：西南師範大學出版社，二〇〇九年，頁一四四

新詩迄今實際上很小眾。和唐詩宋詞相比，新詩的大眾化存在諸多困難。年輕的新詩不成熟，甚至迄今還沒有形成公認的審美標準（甚至新詩需不需要審美標準居然都成了爭論的問題），詩人難寫（所以不少詩人在晚年都轉向寫舊體），讀者難記（所以不少讀者在青春時代過去以後，就不再和詩打交道），沒有像唐詩宋詞那樣化為民族文化傳統，至今游離於家庭教育、學校教育及社會文化生活之外。

——呂進，《大眾化未必粗糙，小眾化未必沒有生活》人民政協報，二〇一一年三月二十八日

從一個角度說，不管你承認不承認，詩終究是一種社會現象。因此大眾化和小眾化傾向還與詩的外在環境密切相關。當生存關懷成為詩的基本關懷的時候，例如發生戰爭、革命、災難的年代，大眾化的詩就會多一些。當生命關懷成為詩的基本關懷的時候，例如和平、和諧、安定的年代，小眾化的詩就會多一些。

——呂進，《詩歌的大眾與小眾》人民日報，二〇一〇年五月二十一日

大眾化和小眾化的詩都各有其美學價值，不必也不可能取消它們中的任何一個。但是，藝術總是有媒介化傾向，詩終究以廣泛傳播為旨歸。大眾傳播有兩個向度：空間與時間。不僅「傳之四海」的空間普及，「流芳千古」的時間普及也是大眾化的表現。李賀、李商隱生前少知音，但他們的詩歌幾千年持續流傳，成為文化傳統的一部分。詩歌的這種隔世效應也是一種常見的大眾化現象。

——呂進，《詩歌的大眾與小眾》人民日報，二〇一〇年五月二十一日

在中國新詩發展的道路上，始終有兩個爭議的課題，一是「現代化」與「現代派化」，一是大眾化與民歌化，其實這兩對概念都不能畫等號。

中國新詩的「現代化」是指的時間上的發展，而非空間上的變遷。同樣，「大眾化」包括到民間文學中去汲取營養，但並不能將大眾化等於民間形式，甚至民歌體。寫民歌體敘事詩，也要堅持抒情美質，發揚個人風格，不然這種大眾化就會是離開詩去談大眾。

——呂進，《呂進文存・第三卷》，重慶：西南師範大學出版社，二〇〇九年，頁八五

# 詩的「變」與「常」

新詩是中國詩歌的現代形態。幾千年的中國古典詩歌到了現代發生了巨變，所以，「變」是新詩的根本。

——呂進，《新詩的「變」與「常」》人民日報，二〇一〇年三月二十六日

其實，「變」中還有一個「常」的問題。「變」就是「常」，而且是一種永恆的「常」。中國新詩的繁榮程度取決於它對新的時代精神和審美精神的適應程度，新詩的「變」又和中國詩歌的「常」聯繫在一起。詩既然是詩，就有它的一些「常態」的美學元素。無論怎麼變，這些「常」總是存在的，它是新詩之為詩的資格證書。重新認領這些「常」，是當下新詩拯衰起弊的前提。

——呂進，《新詩的「變」與「常」》，人民日報，二〇一〇年三月二十六日

中國詩歌的「常」來源於又外在於古典詩歌，活躍於又隱形於現代詩歌當中。也就是說，「常」不是詩體，不是古典詩歌本身，「常」是詩歌精神，是審美精神。它是內在的，又是強有力的。

——呂進，《新詩的「變」與「常」》，人民日報，二〇一〇年三月二十六日

中國詩歌在傳播上也有「常」。有小眾化的詩，更有大眾化的詩。在唐詩裏，有李商隱們，更有李白們。就是李商隱，他的詩也獲得流傳。古代詩人寫詩，非常鄙視「功夫在外」、「外腴內枯」的詩。許多古代詩人在尋詩思的時候，總是別立蹊徑，言人所欲言而又未言。而在尋言的時候，又總是儘量用最淺顯的語言來構成詩的言說方式……重建寫詩的難度，重建讀詩的易度，這是新詩必須注意的我們民族詩歌之「常」。

——呂進，《新詩的「變」與「常」》人民日報，二〇一〇年三月二十六日

中國現代詩學應當保持以抒情詩為本、推崇體驗性的詩學觀念，同時又在詩對客觀世界的歷史反省能力和形象性上向西方詩學有所借鑑；中國現代詩學應當保持領悟性、整體性、簡潔性的形態特徵，同時又在系統性、理論性上向西方詩學有所借鑑；在詩學發展上，中國現代詩學應當保持「通」中求「變」，同時又不拒絕在藝術的探險精神上向西方詩學有所借鑑。

——呂進，《呂進文存・第二卷》，重慶：西南師範大學出版社，二〇〇九年，頁二八六

詩歌尋求詩體的變革，其藝術目標無非兩個：一方面，尋覓容納更多的詩情內蘊；一方面，「習久生厭」的欣賞規律在起作用——尋覓更新鮮的詩歌形式。詩體「解放」必然繼之以新的詩體建設，這是一條鐵的詩學規律。

——呂進，《呂進文存・第三卷》，重慶：西南師範大學出版社，二〇〇九年，頁二八〇

在中國三千年詩史上，最早興起的是自由詩，成就最高、影響最大的卻是格律詩。詩之新舊本來就是一個相對的概念：每個時代的詩，相對於前一個時代是新，相對於後一個時代就為舊傳統詩的形式一定會時過境遷，但它蘊涵的詩傳統卻會留存下去，新詩與舊詩在詩傳統上是相通、相承、相傳的關係。新詩無非是中國詩的現代形態而已。古代格律詩屬於古代，新詩需要建設現代形態的格律詩也是題中之義。

——呂進，《呂進文存‧第三卷》，重慶：西南師範大學出版社，二〇〇九年，頁二八三

# 詩運的三段式

近四十年的新詩沿著正題——反題——合題的三段式正好差不多走了一個迴圈。傳統新詩重社會、重現實、重群體、重使命。到了八〇年代，傳統新詩實現了自否定，非社會、非現實、重個體、重生命的先鋒派詩歌作為對立面日見顯現與活躍。到了八〇年代中期，先鋒派詩歌實現了自否定，於是中國新詩進入自發展的合題——將正題和反題兩個階段的合理因素、積極因素、有生命力的因素在更高基礎上統一起來。合題階段在外貌上似乎又回到了正題階段，其實，它體現的是中國新詩螺旋形的上升過程。

——呂進，《呂進文存・第二卷》，重慶：西南師範大學出版社，二〇〇九年，頁二八〇

從一九七六年迄今，抒情詩的運動軌跡似乎恰好經歷著正題——反題——合題的三段式。

——七〇年代末期到八〇年代初期是抒情詩發展的正題，由「歸來者」和「朦朧詩」人領潮，它是中國傳統詩美學的復甦與勝利。

——八〇年代初期，詩壇形成了傳統詩與「朦朧詩」的雙向展開。在創作實績上，傳統詩的成就更大；在藝術探索的影響上，「朦朧詩」發揮的作用更大。作為詩歌流派，「朦朧詩」有兩個基本特徵：一、內容的內向；二、形式的新奇。

——呂進，《呂進文存・第二卷》，重慶：西南師範大學出版社，二〇〇九年，頁四三一

# 大陸與臺灣詩歌的逆向展開

從五〇年代開始，大陸和臺灣的詩歌也圍繞另一個中心軸在逆向中展開。

臺灣新詩是中國新詩的重要分支，從張我軍、賴和、楊雲萍、楊華、陳奇雲、郭千尺、林亨泰開始，臺灣詩歌也幾乎有了七十多年歷史。張我軍的詩集《亂都之戀》出版於一九二五年，只比胡適的《嘗試集》晚五年。五〇年代中期現代主義傳入，紀弦主編《詩志》、《現代詩》等刊物，並創組現代派。他公佈了作為現代派「基本的出發」和「總的看法」的六大信條。作為「有所揚棄並發揚光大地包含了自波德賴爾以降一切新興詩派之精神要素的現代派」，他提出「橫的移植，而非縱的繼承」的著名主張。但是，不到幾年，紀弦就放棄了自己的主張，並公開宣佈取消現代派。紀弦之後，余光中也曾是現代派詩歌的領潮人，他在七〇年代初期發動了臺灣現代詩的論戰。到了七〇年代後期，余光中也放棄了原有主張而重歸中國詩歌傳統。七〇年代後期，臺灣詩歌由現代派思潮轉向，傳統思潮重新成了主要思潮。從七〇年代後期起，臺灣的鄉土文學也繁榮起來。

大陸詩潮的流向剛好相逆。大陸新詩曾經受過現代主義思潮的兩次影響，即三〇年代初期和四〇年代中期。現代主義給中國詩人（包括艾青、戴望舒、卞之琳、穆旦、鄭敏、杜運燮等等有成就的詩人）帶來一些技巧上的影響。但是求實地考察就可以發現，對於有著世界上最悠久的良好傳統的中國新詩，對於處在戰爭、動亂與革命環境中的大陸詩人，現代主義作為一種藝術思潮在中國詩壇只是一種低調的演奏，而且只是曇花。大陸詩歌始終和時代同步、與民族同心，但在力求保持自己的傳統中走到了凝滯的極端。到了七〇年代後期，大陸詩歌在求新心態的驅動下，藝術思潮急劇轉向，複寫、把玩西方現代派的藝術觀念、風格流派不但成為時髦，而且在新詩史上真正形成了現代主義風潮。「從零開始」，成了大陸現代主義詩人對待傳統的流行觀念。

東西方藝術逆向展開的中心軸是寫意與寫實，大陸和臺灣詩歌的逆向展開的中心軸在傳統與創新。大陸和臺灣詩歌也各自向對方錯位。但是，和東西方藝術的逆現象不同，大陸和臺灣詩歌的逆現象是同一個民族的詩歌的歷史性分化，因此，相逆中孕育著更高層次的更富生機的相同。

大陸和臺灣詩歌的逆向展開積累了寶貴的藝術經驗。在這個基礎上的共識，極有可能使逆現象在九〇年代變為趨同狀態，推動整體的中國新詩由傳統向現代的過渡。

——呂進，《呂進文存・第二卷》，重慶：西南師範大學出版社，二〇〇九年，頁四一七～四一八

我們可以從四個視點去觀察八〇年代新詩逆向展開的詩美。

（一）詩與外部世界。兩種流向都從內視點進行觀照，又在這個基點上逆向展開。

一種流向的創作過程是由內而外：從「內視點」去寫世界，給世界以「詩意的裁判」。

另一種流向對外部世界沒有興趣，創作過程是由內而內，強調表達創作主體的感覺本身。

（二）詩與讀者。兩種流向都有懸想讀者。一種流向懸想的是同時代讀者，另一種流向懸想的是未來讀者。在某些場合，一種流向懸想的是中國讀者，另一種流向懸想的是外國讀者。因此，兩種詩歌在詩與中國

當代讀者的關係上逆向展開。

一種流向也承認詩的模糊美，彈性美。

另一種流向著重詩的高貴氣質，對詩失去自身特徵的危險十分敏感與警覺。

（三）詩與傳統。兩種流向一般都不簡單地拋棄傳統。

一種流向珍視中國詩歌和中國新詩的優秀傳統，包括對戰爭年代的新詩。這種類型的詩人主張用歷史主義眼光去考察。

另一流向注意中國新詩傳統中的現代詩部分，但對新詩史上的現代詩，作這種努力的詩人們的基本態度不是繼承，而是超越。詩人們希望中國新詩能有「世界味」，能表現更高層次的人類普遍感情以走向世界。由此，比起縱向繼承來說，他們在橫向借鑑上更熱情，更寬容。

（四）詩的價值。兩種流向都追求很高的詩的價值，但在什麼是詩的價值以及如何實現這一價值上各有理解，由此而展開逆向探索。一種流向反對把詩只當做教育工具，反對詩充當政治和政策的附庸。另一種流向熱心於詩的純粹性與永恆性。

其實，對逆向展開的詩歌現象大可不必匆忙作非此即彼的結論。

可以看到一個有趣現象：逆向展開的詩歌正在相互滲透。逆向探索的詩人們生活在彼此的影子中。關注詩與外部世界的聯繫的詩人們十分留心「印象整飾」：不願讓讀者對自己形成「守舊者」形象。他們的確也不守舊。他們注重在生活中有所「發現」，也講究對這「發現」的「表現」；還可以看到一個廣泛的現象，這類詩人的審美視野和審美取向已經出現轉移，詩的重大題材與外部世界重大事件的直線對應因果關係業已消失。這些，和另一流向的滲透不無關係。反過來，他們對另一流向的滲透還不那麼明顯。但歷史啟示我們，在未來歲月這種滲透必定日漸強大。

——呂進，《呂進文存・第二卷》，重慶：西南師範大學出版社，二〇〇九年，頁二三四～二三九

還可以看到一個有趣現象：逆向展開的詩歌正在相互補充。強烈的主觀性、內向性的詩，尋覓非功利的審美觀照的詩，對於另一類型的詩是必要的豐富與補充，反之亦然。各種各樣的花在自己的土地上在自己的季節以自己的姿態開放，這對讀者變化著的豐富著的分化了的審美需要是一種適應。

——呂進，《呂進文存・第二卷》，重慶：西南師範大學出版社，二〇〇九年，頁二三九～二四〇

新時期逆向展開的詩歌共同構築著新時期詩歌的第三階段，從不同角度推動新詩的自身的反思。

——呂進，《呂進文存・第二卷》，重慶：西南師範大學出版社，二〇〇九年，頁二四〇

新時期詩歌正在逆向展開。一代大詩人的氣質是善於保持自己又善於走出自己，善於傾聽同向足音又善於接受逆向滲透。自我封閉者成為中國新時期詩歌領潮人的可能將是微乎其微的。

——呂進，《呂進文存・第二卷》，重慶：西南師範大學出版社，二〇〇九年，頁二四〇

# 詩學的三個基本意識

更快地推動新時期詩歌理論的發展，我認為詩學應當加強三個基本意識。

創新意識。當代詩論的首要素質是擺脫平庸，勇於克服思維惰性，超越思維定式，更新知識結構，調整感覺系統，具有創新的明慧與銳氣，充當詩歌不斷更新的永恆過程的推動者。詩論既要尊重已經抽象出來的藝術規律，又要有從已有規律之外的新的創作現象中去發現新規律的敏感與熱情。珍視既往的詩學遺產決不是盲目崇拜過去。詩學的生命力在於它不僅僅停留於對已發現的詩學原理的闡發，而是利用已有軌跡繼續向前開拓。

求實意識。創新的內核是求實：求實的突破，求實的推進。離開這個內核的「創新」只是胡鬧而已。科學是求實者的領域。詩歌研究應當擺脫浮滑，走向科學。當代詩論應當對循風趨時缺乏熱情，正如同它對詩的變革充滿熱情一樣；當代詩論應當拒絕「新名詞轟炸」，正如同它從不拒絕觀念更新一樣。

多元意識。新時期詩壇出現的「無序性」是詩歌創作和理論將要走向繁榮和新的「有序」的景觀。詩學擺脫單一、走向多元是時代必然。

——呂進，《呂進文存．第二卷》，重慶：西南師範大學出版社，二〇〇九年，頁二二八～二三二新時期詩歌創作呈現多風格多流派狀態。這種格局的初步形成體現了時代的進步——這是詩人的「創作自由」真正成為事實的結果。習慣於用「一花」的病態眼光去打量「百花」的健康世界是可笑的，總想找到一個「最好」的詩歌模式來確定創作典範的努力是徒勞的。擺脫單一，走向多元，是詩歌繁榮的徵兆，又是通向詩歌更大繁榮的道路。

同樣，新時期詩歌理論也呈現多學說多學派狀態。藝術真理是從局部到整體，從相對走向絕對的不斷深化的發展過程。它在藝術實踐中產生而又得到後者的檢驗與證明。詩學亦復如此。詩學的發展需要多學說、多學派及其相互爭鳴，多學說、多學派及其相互爭鳴是詩學發達的重要表現之一。

爭放與爭鳴不是爭霸。流派與學派從來具有排他性（不同流派和學派是有差異的，按照哲學家的表述，差異就是沒有激化的矛盾），從來希望在「放」與「鳴」中顯示自己的價值。促進它們的發展與成熟，促進它們之間的競賽以及在競賽中的相互借鑑，需要多元意識。熱衷於一種風格流派、一種理論學派對創新的壟斷權，是一種陳舊意識。

——呂進，《呂進文存・第二卷》，重慶：西南師範大學出版社，二〇〇九年，頁二三二

# 傳統派

在建國以後的一個相當長的時期裏，傳統派的觀點在新詩研究領域居於至尊地位。由於沒有其他理論群落，所以新時期以前沒有「傳統」派這一稱呼。傳統派認為新時期詩人可分古風派、洋風派、國風派三類，他們贊成國風派。按照他們的闡釋，國風派是中國作風、中國氣派的，中國人民喜聞樂見或樂於接受的民族化、群眾化傾向的詩派，「是我國社會主義時代的現實主義詩派」（丁力《新詩發展管見》）。

——呂進，《呂進文存・第四卷》，重慶：西南師範大學出版社，二〇〇九年，頁二三

傳統派表現出一定程度的傳統主義傾向，他們對傳統的理解是靜止的。（其實，傳統的生命力正在於它的與變革的一致。傳統是過去的現代，現代是傳統的延續。）因而他們有「過去派」的形象，在新詩現代化過程中影響有限，尤其在青年當中同調很少。

——呂進，《呂進文存・第四卷》，重慶：西南師範大學出版社，二〇〇九年，頁二四

# 崛起派

以倡導橫的移植為主要特徵的這個理論群落（崛起派）具有強烈的現代意識。他們力求克服思維惰性，打破思維定式，在語言符號系統的「陌生化」上也頗見他們的革新銳氣。可以很容易地感到，他們對於詩歌運動的哲理觀照並不囿於詩歌範疇，他們對於變革的沉思來自詩歌而不止於詩歌。他們是變革時代的思辨家。

——呂進，《呂進文存・第四卷》，重慶：西南師範大學出版社，二〇〇九年，頁二四

崛起派的貢獻也許並不在於他們的理論主張，而在於它是解構中國詩學大一統格局的理論群落。對於新詩研究的打破思維惰性，克服習慣定勢，調整感覺系統，開放知識結構，他們起到了突出作用。

——呂進，《呂進文存・第三卷》，重慶：西南師範大學出版社，二〇〇九年，頁二二三

崛起派的根基並不穩靠。因為，在他們的詞典裏，現代化往往與西化同義，新詩的現代化往往與西方現代派化同義。向西方現代派詩學借鑑是一個複雜的過程。西方現代派產生的文化場橫向移到中國的文化場，是一種跨時空的文化轉移，這裏既有接受，也有本土化的解構和重組。在與中國優秀詩歌傳統斷裂中，崛起

派表現出偏激與局限。崛起派是一個長於摧毀而不長於中國化的詩學理論的正面建樹的理論群落。

——呂進，《呂進文存・第三卷》，重慶：西南師範大學出版社，二〇〇九年，頁二二三

# 上園派

上園派是我國新時期的重要詩學派別，由廣州的報紙首先命名，重慶出版社一九八七年出版《上園談詩》。上園派也可以叫轉換派。他們有一個系統的理論框架，這個框架的中心是：堅定地繼承本民族的優秀詩歌傳統，但主張傳統的現代化轉換；大膽地借鑑西方的藝術經驗，但主張西方藝術經驗的本土化轉換。換句話說，上園派的主張集中到一點：詩為當代的開放的中國讀者而作。

——呂進，《呂進文存・第四卷》，重慶：西南師範大學出版社，二〇〇九年，頁二四～二五

詩歌從來就有兩個基本關懷：生命關懷和生存關懷。就中國新詩而言，當救亡成為社會發展的主旋律的時候，詩歌就更偏重生存關懷：國家的興衰，民族的危亡，成為詩的主題。當啟蒙成為社會發展的主旋律的時候，詩歌就更偏重生命關懷。就像海德格爾講的那樣，現在人們說的「在」，實際上是「在者」，「在」在「在者」之先。詩最接近「在」，是「在」的傾聽者和看護人，它是人的「本真言說」。

——呂進，《區域文化視野下的重慶文學》，西南大學學報（社會科學版），二〇〇九年：（一）

中國新詩長期處在戰爭、革命、動亂的外在環境中，因此，從誕生起，新詩就十分注重與社會、時代的詩學聯繫，注重詩歌的承擔精神，注重增添詩歌的思想含量和時代含量。這給新詩帶來生命力，也造成許多美學問題。新時期是嶄新的生存環境，新詩加大了生命關懷的分量，開始了從以生存關懷為主到以生命關懷為主的過渡。人性、人情、人世、人生、人權、人道成為詩的常見主題。但是，生命關懷和生存關懷其實很難完全劃開。一首優秀的寫生存關懷的詩，寫到極處，也就會觸及生命關懷，因為，詩總是從事到情，從生命的視角去觀照社會事件的。一首優秀的寫生命關懷的詩，寫到極處，也就會觸及生存關懷。因為，詩人總是一種社會存在，詩歌終究也是一種社會現象。

——呂進，《區域文化視野下的重慶文學》，西南大學學報（社會科學版），二〇〇九年：（一）

「上園」（重慶）詩人總是說，他們尋求著生命意識和社會意識的和諧。這就使得重慶詩歌別具內蘊。標語口號式的作品，只是熱衷於訴說自己「牙齒疼」（萊蒙托夫語）的作品，在重慶，是很少見的。方敬戴著「寬帽沿」在憂鬱地歌唱，然後又在陽光下「拾穗」；梁上泉從「喧騰的高原」走來，唱著人生的「多姿多彩多情」；傅天琳的「綠色的音符」裏有了「結束與誕生」的哲理；脫下了「藍水兵」軍裝的李鋼，唱著關於鄧小平、關於新時代的動人曲調。他們的詩的生命意識的成分都在加濃，但又都是人性視角的社會之歌、時代之歌、民族之歌。

——呂進，《呂進文存・第三卷》，重慶：西南師範大學出版社，二〇〇九年，頁三六五～三六六

胡適講得好：「我們若用歷史進化的眼光來看中國詩的變遷，方可看出自《三百篇》到現在，詩的進化沒有一回不是跟著詩體的進化來的。」問題是：「進化」第二天呢？翻翻古代詩歌史就會發現，「風謠體」後有「騷賦體」，「騷賦體」後有五七言，五七言後有「詩餘」——詞，詞後有「詞餘」——曲。如果說，散文的基礎是內容的話，那麼，詩的基礎就是形式。愛情與死亡，詩歌唱了幾千年，還是有新鮮感，秘密正在於詩的言說方式的千變萬化，詩體的千變萬化。新詩之新絕不可能在於它是「裸體美人」。對於詩歌，它的美全在衣裳。「裸體」就不是「美人」了。

——呂進，《呂進文存・第三卷》，重慶：西南師範大學出版社，二〇〇九年，頁三六六

作為文體的詩歌，一定有自己的詩體。沒有詩體就沒有詩歌。詩的本質是無言的沈默。以言傳達不可言，以不沈默傳達沈默，以未言傳達欲言，要靠詩歌的特殊的言說形式。這形式依靠暗示性將詩意置於詩外和筆墨之外，這形式帶有符號的自指性，它是形式也是內容。散文注重「說什麼」，詩歌更看重「怎麼說」。詩的審美表現力和審美感染力，都與詩體有關。作為藝術品的詩歌是否出現，主要取決於詩人運用詩的特殊形式的成功程度。「上園」（重慶）詩人在詩體探索土做出了不懈努力。那種自由得漫無邊際的自由詩不多。豐富多彩的詩體才能表現豐富多彩的詩情，增多詩體是斬詩詩體建設的必要前提，「上園」（重慶）詩人在豐富自由詩的詩體上付出了許多努力。

——呂進，《呂進文存・第三卷》，重慶：西南師範大學出版社，二〇〇九年，頁三六六-三六七

# 「歸來者」

「歸來者」的作品更適應讀者的傳統接受定式，在久經生活苦難的中老年讀者中具有更大的共振效應。這些詩歌關注時代，關注社會，富有較強的社會性內涵。諸如艾青的《歸來的歌》、白樺的《陽光，誰也不能壟斷》、公劉的《啊，大森林》、流沙河的《故園六詠》等等，這樣的名作，都會長留詩史。

——呂進，《呂進文存‧第二卷》，重慶：西南師範大學出版社，二〇〇九年，頁二五六～二五七

歐陽修說得不無道理：「詩窮而後工」二十年的人世滄桑，使艾青的全部情感都在普通、善良的人們生活當中發酵，於是，現在從他心靈最深處便流出了無比芬芳與濃烈的美酒。他依然以自己的姿態去擁抱世界。然而，和建國初期的作品相比，《歸來的歌》卻更深沉，表現出詩人對人生有了更真切的體驗，對於世界有了更深刻的識見。

——呂進，《呂進文存‧第一卷》重慶：西南師範大學出版社，二〇〇九年，頁四二六

# 「新來者」

在上個世紀的新時期，有三個詩歌的合唱群落：歸來者、朦朧詩人、新來者。此外，還有資深詩人。把新時期詩歌僅僅局限於「朦朧詩」是不科學的。新來者不應被矮化或忽略，他們是新時期重要的詩歌群落。加強研究新來者對當下新詩的拯衰起弊具有重大意義。

——呂進，《論新時期詩歌與「新來者」》，文藝研究，二〇一〇年：（三）

新來者常常被人忽略。歷史證明，新來者的影響其實最持久，其實最應該不被矮化或忽略。他們既在使命感上與歸來者相通，又在生命感上與朦朧詩人親近，他們的藝術之路很寬廣。

——呂進，《論新時期詩歌與「新來者」》，文藝研究，二〇一〇年：（三）

僅僅把新時期詩歌歸結為「朦朧詩」是一種偏執，這樣的文學史不能稱作信史，「歸來者」、「新來者」以及資深詩人們在新時期那樣多的名篇抹得去嗎？歷史證明，新來者不應該被矮化或忽略。歷史已經接納了他們，他們留下的佳作在三個詩歌群落裏是最豐富的。

——呂進，《論新時期詩歌與「新來者」》，文藝研究，二〇一〇年：（三）

這裏所謂的「新來者」，是指兩類詩人。一類是新時期不屬於朦朧詩群的年輕詩人，他們走的詩歌之路和朦朧詩人顯然有別。另一類是起步也許較早，但卻是在新時期成名的。在新時期詩壇上其實還有一個「第三者」：新來者詩群。在雙峰對峙的時候，「第三」往往具有重要的詩學意義和哲學意義。「第三」可以活躍全局，可以開拓空間，可以探尋新路，帶來新的生態平衡。現在回過頭來看歷史，三個合唱群落中「新來者」的實績其實不小，藝術生命其實非常持久。「新來者」到了新世紀已經屬於老詩人，但是他們中間的多數人還在歌唱，他們對中國詩壇仍然保持著影響。新來者屬於新時期。他們的歌唱既有生存關懷，也有生命關懷。化古為今，化外為中，這是新來者共同的審美向度。新來者的藝術胸懷廣，藝術道路寬，讀者群不小。

——呂進，《論新時期詩歌與「新來者」》，文藝研究，二〇一〇年：（三）

新來者是時代的守望者，因循守舊，拒絕探索，或者躲避崇高，全盤西化，都不是他們的美學追求。他們也許承認，「『人人心中所有，人人筆下所無』這句古話，可以作為好詩的標準」。他們為同時代人打造詩意的家園，努力對時代做出「詩意的裁判」。

——呂進，《論新時期詩歌與「新來者」》，文藝研究，二〇一〇年：（三）

在詩努力回歸本位的時候，許多問題怎樣處理？新來者留下了寶貴的藝術經驗。例如，詩的個人性與個性化、內視性與社會性應該如何處理？新來者的經驗是：摒棄個人化，追求個性化，內心生活的價值在任何時候都取決於它與社會生活的聯繫。又如，詩的小眾與大眾、形式藝術與形式主義應該如何處理？新來者的經驗是：詩是以形式為基礎的文學，詩的形式本身就是詩的重要內容，詩情不納入詩的形式何以為詩？但是外在形式，「過剩」形式，是在玩弄形式，和讀者形成「隔」，使詩越來越小眾，此乃詩之大忌。只求形式的古怪驚人，並不是通往繁榮之路。再如，詩的一元與多元應如何理解。惟我獨「花」，惟我獨「家」，是違背詩的創作與發展規律的。在新時期，在現在的新世紀，「定於一尊」是不可能的，也是一種狂想幼稚病。歷史不會開倒車，堅定地堅持多元，就是堅定地走向繁榮。

——呂進，《論新時期詩歌與「新來者」》，文藝研究，二〇一〇年：（三）

在詩歌精神上，新來者在使命感上和歸來者親近，在生命感上和朦朧詩人相通。在藝術技法上，他們追求「至苦而無跡」。「詩人『至苦』，詩篇裏卻『無跡』，這才是優秀的詩篇」。在藝術技法上，新來者可以簡稱為轉換派：他們珍愛中國幾千年的優秀民族傳統，但是主張對民族傳統要進行現代化的轉換；他們重視借鑑域外藝術經驗，但是主張對域外經驗要進行本土化轉換。在詩歌路向上，他們主張多樣，多元，主張不同藝術追求的詩歌相互包容和尊重。他們知道，在同一時代裏，不同詩歌其實都生存在彼此的影子之下。就是在新來者之間，他們的美學尋求和語言理想也有差異。在新時期以後，他們各自走的詩歌之路和塑造的藝術個性也有區別。

——呂進，《論新時期詩歌與「新來者」》，文藝研究，二〇一〇年：（三）

# 對話與重建

中國現代詩學是和新詩同步誕生的，但是它的發展很快就滯後於新詩。原因呢，我想無非有三個。第一，對於中國詩歌來說，新詩是一種全新的詩體，它不像中國古代詩歌那樣起於民間，起於音樂，甚至不起於中國，所以在詩學面前顯得無章可循，這就大大增加了研究的難度第二，在「五四」思潮的影響之下，現代詩學與傳統詩學徹底斷裂，於是，在詩學的性質、形態、架構、語言上也感到無章可循，露出了淺薄和單調。第三，從現代開始，中國文學實現了從以詩為中心向以敘事文學為中心的大轉移，雖然中國非詩文學還是具有詩的痕跡，還是以具有詩魂為上。

——呂進，《呂進文存・第三卷》，重慶：西南師範大學出版社，二〇〇九年，頁四一九

與傳統詩學和西方現代詩學對話，進行自身的重建，對話與重建就是中國現代詩學發展的邏輯起點。

——呂進，《呂進文存・第三卷》，重慶：西南師範大學出版社，二〇〇九年，頁四二〇

# 新詩的二次革命

呼喚新詩的二次革命，推動新詩的再次復興，面臨三大前沿問題：實現「精神大解放」以後的詩歌精神重建、實現「詩體大解放」以後的詩體重建和在現代科技條件下的詩歌傳播方式重建。這三個問題，關涉到新詩的興衰，甚至存亡。

——呂進，《呂進文存‧第四卷》，重慶：西南師範大學出版社，二〇〇九年，頁二五二

新詩二次革命，不是要損害新時期以來的多元格局，重新定新詩為一尊；更不是革掉新詩的命。相反，它的近期目標是擺脫新詩當前的困境，實現新詩的再出發，重建新詩的審美標準，促進新詩的再復興。二次革命要繼續新詩開創者一次革命的未竟之業，發展應當發展的，深入應當深入的；同時，要革除一次革命在傳統與現代、自由與規範、本土與外國上的偏頗。如果說一次革命是對舊詩的批判，二次革命就是批判之批判，目的是以原創性精神推進中國新詩的現代化。一次革命主要是開天闢地的爆破，二次革命主要是推進創新的建設。推進詩歌精神建設，詩體建設，詩歌傳播方式建設，以及其他領域的建設，進一步發展多元格局，是我們的當務之急。

——呂進，《呂進文存‧第四卷》，重慶：西南師範大學出版社，二〇〇九年，頁二六九

# 詩歌精神重建

新詩出現的精神危機主要表現為新詩的社會身份和承擔品格的危機。在藝術上有了長足進步的同時，新詩又在相當程度上脫離了社會與時代。詩回歸本位，當然是回歸詩之為詩的美學本質，但絕不是回歸詩人狹小的自我天地。

當前詩歌精神重建的中心，是對於詩歌和社會、時代關係的科學性把握。

——呂進，《呂進文存・第四卷》，重慶：西南師範大學出版社，二〇〇九年，頁二五二

作為心靈藝術的詩歌理應在這個大時代背對嘲弄意義、反對理性、解構崇高、取消價值的思潮，承擔起自己的美學責任，創造中國詩歌的現代版本和現代詩歌的中國版本。應當指出，中外優秀的詩歌無一例外地都具有「不純性」——傑出的詩人不但要關懷藝術技法，更要關懷人的終極價值，發揮公共文化人、社會良知的功能，通過詩的渠道投入時代大潮，消解舊價值觀，建構新價值觀，參與對現實的「詩意的裁判」（恩格斯語）和人們「人性地棲居在這大地上」（海德格爾語）的精神家園的建造。

——呂進，《呂進文存・第四卷》，重慶：西南師範大學出版社，二〇〇九年，頁二五三～二五四

詩歌精神的現代化重鑄，關鍵是科學處理詩歌中的中西關係。文化轉型期中的中國新詩，雖然應當向西方藝術經驗有所借鑑，但決不能將「對外開放」誤讀為「作西方詩歌的旁支」。新詩的種種病象正由此而生。

詩歌精神重鑄離不開詩歌的本土。詩，是民族性最強的文學樣式。

——呂進，《呂進文存・第三卷》，重慶：西南師範大學出版社，二〇〇九年，頁二三五～二三六

就詩歌精神重鑄而言，中國新詩應當是現代的，它應當面對現代中國人的外空間和內空間有所調整與回應；同時，中國新詩又應當是中國的，在世界詩歌的開放網路中，實現在中國時空的自主轉型。新詩屬於現代中國人。

——呂進，《呂進文存・第三卷》，重慶：西南師範大學出版社，二〇〇九年，頁二三六

# 詩體重建

造成新詩不正常的詩體現狀的原因是：詩長時期地承載了過多的詩外使命，沒有機會、也沒有重視對自身詩體進行仔細打量與思考。更具體地說，有三方面的原因：首先，新詩誕生在「五四」時期，一些前驅者對傳統文化抱著激進態度，中國詩歌傳統是格律詩傳統，格律便被認作是妨礙現代人抒發詩情的「封建羈絆」而受到拒絕；其次，新詩誕生在二十世紀初，當時我們星球上正掀起世界性的非格律化大潮；再次，詩歌翻譯造成的錯覺。

——呂進，《呂進文存・第三卷》，重慶：西南師範大學出版社，二〇〇九年，頁三五〇～三五一

中國古典詩歌幾乎都押韻。漢代以前的詩，包括《詩經》的《國風》、《大雅》和《小雅》在內，基本都是有韻的。漢代以後，大體上就不再有無韻詩了。由此，中國讀者的審美習慣和審美標準都是要求詩的押韻，對於無韻詩（西方叫素體詩），應者甚少。正因為如此，毛澤東提出的「押韻」，的確是中國新詩的詩體建設的大題目。

——呂進，《呂進文存・第四卷》，重慶：西南師範大學出版社，二〇〇九年，頁四八～四九

新詩的詩體重建在二十世紀裏的進展比較緩慢。極端地說，不少舊體詩是有形式而無內容，而不少新詩則是有內容而無形式。毛澤東的「迄無成功」之說，也當指詩體重建。詩體重建的缺失使詩人感到新詩詩體缺乏審美表現力（所以包括郭沫若、臧克家在內的不少詩人在晚年出現了聞一多說的「勒馬回韁寫舊詩」的現象），使讀者感到新詩詩體缺乏審美感染力（所以不少讀者在走出青年時代後就不再親近新詩，而是去讀唐詩宋詞了）。

——呂進，《呂進文存・第四卷》，重慶：西南師範大學出版社，二〇〇九年，頁二五五

提升自由詩，成形現代格律詩，增多詩體，是詩體重建的三個美學使命。

——呂進，《呂進文存・第四卷》，重慶：西南師範大學出版社，二〇〇九年，頁二五六

詩之有律，猶如兵之有法。無論哪個民族的詩歌，格律體總是主流詩體，何況在具有悠久而豐富的格律詩傳統的中國。中國新詩急需從藝術實踐上和理論探索上倡導、壯大現代格律詩，爭取在現有基礎上將現代格律詩建設迅速推向成熟。嚴格地說，自由詩只能充當一種變體，現代格律詩才是詩壇的主要詩體。

——呂進，《呂進文存・第四卷》，重慶：西南師範大學出版社，二〇〇九年，頁二五八～二五九

詩情體驗變為心上的詩，還只是詩的生成的第一步。心上的詩要成為紙上的詩，就要尋求外化、定形化和物態化。審美視點是內形式，語言方式是外形式，即詩的存在方式。從內形式到外形式，或曰從尋思到尋言，這就是一首詩的生成過程。詩體，是詩歌的外形式的主要因素。換個角度，尋求外形式主要就是尋求詩

體。中國新詩的出現，和詩體直接相關。

——呂進，《呂進文存・第三卷》重慶：西南師範大學出版社，二〇〇九年，頁一五九

新詩的段式中還有一種特殊詩體：圖案詩。宛如圖案的詩體增加了詩情的直觀性。古詩不分行，就丟掉了這一功能。

詩的圖案是屬於詩的，讀者主要不是靠視覺而是靠心覺去觀賞。圖案詩是一種詩體，不是一幅圖畫，這裏的「度」不言而喻。回文詩也是新詩的一種特別的段式。

——呂進，《呂進文存・第三卷》，重慶：西南師範大學出版社，二〇〇九年，頁一六七

詩的段式包括建行（集字成頓，集頓成行）與建構（集行成段，集段成詩）。段式是詩的情感內蘊的外化形態。

詩行是段式的基礎。頓是詩行的基礎。頓是一種時間概念，即讀一行詩自然停頓的地方。頓，顯然也是一個模糊概念，不同的人讀同一行詩時，未必停頓是完全相同的。

——呂進，《呂進文存・第三卷》，重慶：西南師範大學出版社，二〇〇九年，頁一六六

新詩八〇年，雖然思潮多樣，花樣翻新，詩體卻始終比較單一。象徵詩在詩體上分屬自由詩和格律詩。就詩體而言，新詩不外兩種：除詩體仍處於草創階段的自由詩外，尚有少量的自行確定格式韻律標準的現代格律詩。

——呂進，《呂進文存‧第三卷》，重慶：西南師範大學出版社，二〇〇九年，頁一六一

其實，經田漢最先從西方引入的「自由詩」的概念，只能在與格律詩相對的意義上去把握。只要是詩，就不可能享有散文的「自由」，它一定只有非常有限的「自由」。「自由詩」這個名稱不夠確切。

——呂進，《呂進文存‧第三卷》，重慶：西南師範大學出版社，二〇〇九年，頁一六一

現代格律詩建設的中心問題是音樂性。如果說，自由詩以「成功」（最純詩質的獲取）為「成熟」的話；那麼，對於現代格律詩，「成形」才是「成熟」。現代格律詩的詩體，除了以「頓」或「字」為節奏單位的（通行）格律詩，還有由外國格律詩改造而來的中國現代格律詩。

——呂進，《呂進文存‧第三卷》，重慶：西南師範大學出版社，二〇〇九年，頁一六二

新詩長期處在革命、救亡、戰爭的生存環境中，忙於充當時代號角，無暇他顧，這是可以理解的外部原因。就詩自身而言，從出世以後，在處理內容與形式、外時空與內時空、現代與傳統、新詩與古詩、本土與外國等一系列問題上，都顯得不夠成熟，對自由詩的「自由」、新詩的「新」均有某些錯覺。詩體是妨礙新詩在中國立足的重要緣由之一。由此，周而復始的生存「危機」困擾著新詩。

新詩的詩體重建，在無限多樣的詩體（而不是為數很少甚至單一的詩體）創造中，有兩個美學使命：給自由詩以詩美規範（《文心雕龍‧熔裁》：「規範本體謂之熔，剪裁浮詞謂之裁」）倡導現代格律詩。

——呂進，《呂進文存‧第三卷》，重慶：西南師範大學出版社，二〇〇九年，頁一六二

新詩的詩體重建，在無限多樣的詩體（而不是為數很少甚至單一的詩體）創造中，有兩個美學使命：規範自由詩；倡導現代格律詩。對自由詩而言，「成熟」的標誌是「成功」（最佳詩美規範的獲得）。對格律詩而言，「成熟」的標誌是「成形」。

——呂進，《呂進文存・第三卷》，重慶：西南師範大學出版社，二〇〇九年，頁一八九

中國新詩誕生八十年來，面臨的無法迴避的課題，就是在「詩體大解放」以後，如何重建自己的詩體。中國新詩在發展進程中，思潮相對多樣，甚至花樣翻新，而詩體則一直比較單一：基本只有自由詩。沒有無限多樣的有明確詩美規範的詩體，詩就「自由」成了無岸之河。而且，對讀者而言，詩體本身就是審美對象之一。

——呂進，《呂進文存・第三卷》，重慶：西南師範大學出版社，二〇〇九年，頁二一二

新詩文體學的建設在本時期注意了兩個對話。一個是與中國古代和近代詩歌文體學的對話中國新詩文體學是現代形態的中國詩歌文體學，與古代和近代詩歌文體學同為中國的詩歌文體學，二者的對話無疑是中國新詩文體建設的必修課。另一個是與西方現代詩歌文體學的對話。

——呂進，《呂進文存・第三卷》，重慶：西南師範大學出版社，二〇〇九年，頁二二五

中國新詩文體學在這一時期致力於兩個向度的拓展。首先是分類學，即共時性研究。詩與非詩，詩作為多種詩體的存在，詩歌美學，詩體理論，是這一向度的範疇。其次是軌跡學，即歷時性研究。新詩的文體軌

跡，詩與非詩在發展中的互動，屬此範疇。

——呂進，《呂進文存・第三卷》，重慶：西南師範大學出版社，二〇〇九年，頁二二五

從誕生起，中國現代詩學就一直面臨三項美學使命：中國詩歌在跨入現代之後的詩歌重建；新詩在實現「詩體解放」後的詩體重建（像錢中文說的那樣：「詩歌呼喚形式。」）；在現代科技條件下詩歌傳媒與傳播方式重建。沒有這些重建，新詩就沒有資格自稱「新」，現代詩學就沒有資格標榜「現代」。當然，這些重建是動態的，是一個發展過程。

——呂進，《呂進文存・第三卷》，重慶：西南師範大學出版社，二〇〇九年，頁三三八

創造新詩體，有兩個層次的含義：一是詩歌體式的多樣化；一是各種體式詩歌的多樣化。

——呂進，《呂進文存・第三卷》，重慶：西南師範大學出版社，二〇〇九年，頁三五二～三五三

# 詩的傳播方式重建

詩歌體式多樣化離不開現代科技提供的條件。新的科技會造就新的藝術形式，電影是一個證明，被稱為「第八藝術」的電視藝術是又一個證明。詩歌同樣如此。

——呂進，《呂進文存・第四卷》，重慶：西南師範大學出版社，二〇〇九年，頁二五九

資訊媒介的變化能夠導致人的思維方式和審美方式的變化。作為公開、公平、公正的大眾傳媒，網路給詩歌帶來了革命性的變化。網路詩以它向社會大眾的進軍，向時間和空間的進軍，證明了自己的實力和發展前景。

——呂進，《呂進文存・第四卷》，重慶：西南師範大學出版社，二〇〇九年，頁二六〇

與平媒詩相比，網路詩具有三個特點——一、創作的自由與發表的迅捷；二、詩人的年輕與詩語的口語色彩；三、詩人與讀者的互動與對話。巴赫金（一八九五～一九七五）曾說，人類有兩種生活：現實的或狂歡式的。這些特點，使網路詩具有詩語狂歡的性質。當然，網路詩歌是憑藉網路傳播的詩歌，它首先應當是詩歌。如果在狂歡中失去詩的美學身份，網路詩歌就會失去在詩歌領地的生存權——這正是現在詩歌理論應

當探討的問題。

——呂進，《呂進文存・第四卷》，重慶：西南師範大學出版社，二〇〇九年，頁二六〇

現代人在生產方式、生活方式、交往方式、休閒方式的大變化，都為增多詩體提供了條件和可能。比如，運用憑藉聲光音像，豐富自己的體式，就是增多詩體的一條坦途。當下的歌詞和PTV等等，都不僅具有操作意義，也很有詩學的理論價值。

——呂進，《呂進文存・第三卷》，重慶：西南師範大學出版社，二〇〇九年，頁三五三

# 詩人篇

# 大詩人的特徵

大詩人的產生需要許多積累。首先是人生積累。人生體驗的豐厚，人生苦澀的富有，是大詩人的必備條件。對人生只有膚淺的瞭解，「為賦新詞強說愁」，這種「新詞」不會被時間認可。其次是文化積累。郭沫若的學貫中西，艾青的藝術修養，臧克家的博古通今，都是明顯的例證。而且，中國新詩的大家無不通曉自己民族的傳統文化——就是臺灣新詩近幾十年的領潮人們也毫不例外。再次是哲學修養。詩歌的深層結構是哲學。人生體驗總是仰賴哲學得到詩美的昇華，雖然詩歌最迴避直接說理。詩人，總是關注民族和人類命運與心靈的哲人。

積累是漸進，是耐心的儲積，是最後達到質變的量變。積累是不顯眼的，對於詩人而言，有時甚至是無意的。這需要時間，需要「不競」之「心」。

除了上述的準備，當前有一個必須有意、大力解決的課題：詩人的人格建設。

——呂進，《呂進文存・第二卷》，重慶：西南師範大學出版社，二〇〇九年，頁二五三

詩人要充當美的發現者與創造者，他的心靈首先就應當是美的。「美都是從靈魂深處發出的，因為大自然景象不可能具有絕對的美，這美隱藏在創造或觀察它們的那個人的靈魂裏。」

——呂進，《呂進文存・第一卷》，重慶：西南師範大學出版社，二〇〇九年，頁一四〇

王國維《人間詞話》曾從讀者角度指出「大詩人之秘妙」：「字字為我所欲言，而又非我之所能言。」這裏的「我」指的是讀者，是眾人，詩人「能言」眾人之「欲言」，讓眾人在詩人的憂鬱中認識自己的憂鬱；在詩人的歡樂中認識自己的歡樂，這種表現自己與表現時代的一致性，這種既屬於詩人個人又屬於眾人的「實」，才具有引起共鳴的豐富契機。

——呂進，《呂進文存・第一卷》，重慶：西南師範大學出版社，二〇〇九年，頁四三七

就詩人而言，「卓越人物」都是屬於自己時代的超前人物，因此他們的「憂鬱症」就是一個智者對於時代和民族的憂患意識：「城上高樓接大荒，海天愁思正茫茫」。愁怨也是詩人創造、探索人生的責任感和使命感。這種明亮的「憂鬱症」正是大詩人的一個特徵。

——呂進，《呂進文存・第二卷》，重慶：西南師範大學出版社，二〇〇九年，頁一六三

反思詩史，一代大詩人除了天賦、詩才等因素外，似乎都具有三個基本特徵。

一、對外部世界持開放態度。

詩是內視點的藝術，它最富主觀色彩。詩總是化客觀為主觀，化現實為感情。其他文學樣式敘述現實，

詩歌唱現實。內心世界才是詩的世界。沒有內視點，詩就丟掉了「純」。

二、對讀者持開放態度。

詩創造讀者：詩人不但為讀者創造詩，也為詩創造讀者。但從詩的本源看，更不能忽視讀者創造詩：一代讀者的追求影響詩的審美取向，一代讀者的理解提高詩的審美價值。

大詩人不但在時代精神上與讀者相通，而且總是力求贏得從讀者方面產生的共鳴。因此，玩弄形式只是雕蟲小技而已。大詩人用心靈寫作，以形式表達心靈。大詩人從不用外在形式寫作，從不以外在形式去堵塞讀者的鑑賞之路。

三、對民族傳統持開放態度。

大詩人總是善於保持自己又善於走出自己。只善於保持自己，就會停步不前；只善於走出自己，就會循風趨時。這裏的「自己」，首先是民族傳統。

從中國新詩發展史看，大詩人首先是傳統的叛逆者。而傳統不是凝固不變的，傳統在發展，傳統不斷地被一代代詩人改造與豐富。因此，大詩人又都是傳統的有生命力因素的承接者，是詩歌傳統發展鏈條中的一環。

總之，開放時代的大詩人一定是開放型的詩人。對時代、讀者、民族傳統封閉的自我封閉型詩人成為大詩人的希望微乎其微。對一位有天才的詩人來講，自我封閉是扼殺天才之路。

——呂進，《呂進文存・第二卷》，重慶：西南師範大學出版社，二〇〇九年，頁二四五～二四七

多走向的詩歌不妨各自沿著固有路向前行，這於創作、於鑑賞都意義重大。但是，優秀詩人的成功秘密恰恰又在於：他善於保持自己，又善於走出自己；他善於承接自己，又善於發展自己；他善於肯定自己，又善於否定自己。樂於向與自己相反的美學取向吸取營養，是「前優秀詩人」的重要標誌。詩壇上逆向展開的詩歌都可能推出巨作與巨人，為了將這一可能性變為現實性，強調優秀詩人的成功秘密是必要的。

——呂進，《呂進文存・第二卷》，重慶：西南師範大學出版社，二〇〇九年，頁二五八

世間有兩種寫詩的人離詩最遠：一種是缺乏本色的俗人，一種是遮藏本色的偽詩人。唯大英雄能本色。唯大詩人能本色。

——呂進，《呂進文存・第三卷》，重慶：西南師範大學出版社，二〇〇九年，頁七二

「詩人就是常人」的命題，除了在調整詩人與讀者的關係、認同平凡生命上有一定意義外，可以說沒有任何詩學價值。

——呂進，《呂進文存・第三卷》，重慶：西南師範大學出版社，二〇〇九年，頁三四三

除了語言策略、技巧能力之外，如果不能將日常生活經驗提升為審美體驗，如果不能用終極關懷代替世俗關懷，如果不能賦予個人身世感以普視性光輝，詩人就沒有真正進入詩人狀態，就不可能得到優秀詩作。

——呂進，《呂進文存・第三卷》，重慶：西南師範大學出版社，二〇〇九年，頁三四三

「詩人就是常人」是一種後現代季候病，其病根就是對詩的道德審美理想的拒絕。時間差和空間差有助於對中國新詩發展前景的把握。

——呂進，《呂進文存・第三卷》，重慶：西南師範大學出版社，二〇〇九年，頁三四三

詩最迴避講理，但是詩的最深內蘊（由此生發出各層次、各側面）又是哲學。詩的淺層結構是節奏式，深層結構是意象、主觀體驗和哲學。詩的真趣在於擺脫真象（視象的真實）而達到意象。支配意象的是詩人的主觀體驗，支配主觀體驗的是詩人的哲學。詩人在哲學上要超出「思想的平均數」，要高於時代「朦朧的火花」。有沒有哲學，這是一般詩人和大詩人的分水嶺。

——呂進，《呂進文存・第四卷》，重慶：西南師範大學出版社，二〇〇九年，頁二四九

# 詩人與時代

進入改革與開放時期的新詩，普遍出現了「靜化」現象：輕聲曼語的詩多起來了。「靜化」有時表現為淺薄化與平庸化，但其主要走向則是新詩的深入化與獨特化。時代變化了，這不再是一個大風大雨的時代，而是平靜的時代，和解的時代，尋求相互瞭解的時代。讀者的審美意識變化了，他們更多地希望詩人用柔美的靈感來滿足自己甦醒了的人性的心靈。讀者更大的內心自由呼喚新詩作出更細膩的反應。適應著時代，越來越多的女詩人——不擅長演奏進行曲而擅長用心靈的手指去給人以溫情的天然使者湧現了。

——呂進，《呂進文存．第四卷》，重慶：西南師範大學出版社，二〇〇九年，頁一二三

詩有兩種關懷：生存關懷和生命關懷。一位詩人也許更善於寫作某種關懷，但是詩人一般會把兩種關懷都納入筆下。而且，兩種關懷的輕重其實和時代有關。戰爭年代、動亂年代，生存關懷的詩會多一些；和平年代、安定年代，生命關懷的詩會多一些。

——呂進，《呂進文存．第四卷》，重慶：西南師範大學出版社，二〇〇九年，頁一三四

詩人如果只是自己靈魂的保姆，或者一個自戀者，他就一錢不值。

——呂進，《呂進文存・第四卷》，重慶：西南師範大學出版社，二〇〇九年，頁一四二

詩卻與其他文體一樣，與社會、與時代處於無須、無法割斷的聯繫中，其區別無非是聯繫渠道的不同而已。並非詩一沾上社會與時代就會貶值甚至毫無價值。因為，一方面，詩是一種社會現象，詩人總是屬於自己的時代；另一方面，關心中國改革開放的中國讀者要求詩不僅具有生命關懷，也要具有社會關懷；最後，中國詩歌史、新詩史上的不少名篇佳作都是以藝術地關注社會、擁抱時代獲得讀者承認和喜愛的。拒絕所有社會和時代維度的詩學和曾經長期流行的庸俗社會學詩學一樣片面而荒唐的。

——呂進，《呂進文存・第四卷》，重慶：西南師範大學出版社，二〇〇九年，頁二五三

新詩史說明，時代尋覓詩，詩也尋覓時代。當詩的命運與時代的命運緊緊融合，詩就得到蓬勃發展：題材擴大，詩人隊伍擴大，讀者群擴大。

——呂進，《呂進文存・第一卷》，重慶：西南師範大學出版社，二〇〇九年，頁一三五

時代精神的體現，並不取決於是否歌唱當代生活，它取決於時代精神在詩人心靈的滲透程度。滲透越好，越深，詩人就越能「登山則情滿於山，觀海則意溢於海」，越能獲得一支抒寫時代精神的神來之筆。

——呂進，《呂進文存・第一卷》，重慶：西南師範大學出版社，二〇〇九年，頁一三五

詩不是提供個別意象的藝術，它是人類心靈的回聲，時代的回聲。所以車爾尼雪夫斯基才說：「拜倫和拿破崙相比，拜倫比拿破崙重要得多。」雖然對於具體的每一個人來說，詩並非必定在他的生活中佔據位置，而對於人類歷史來說，詩卻必定佔據它應有的位置。人類從來找不出一個詩完全消亡了的時代。

——呂進，《呂進文存・第一卷》，重慶：西南師範大學出版社，二〇〇九年，頁三九九

關心時代，關心生活，關心他人，這是詩人的主要氣質。詩人的心應當向時代、生活、他人敞開，作時代的戰士，生活的熱心者，同時代人的友人。

——呂進，《呂進文存・第一卷》，重慶：西南師範大學出版社，二〇〇九年，頁四〇〇

郭小川抒情詩啟示我們，一位詩人的筆下的題材廣度總是與他的思想深度成正比的。站在時代前列的詩人，善於敏銳地感受到生活中的時代精神：由生活的一朵浪花聽到大海的喧嘩，由大地的一片綠葉看到春天的明媚。站在時代前列的詩人，並不只注意縱覽乾坤、描繪蒼穹，而是努力以他的巨大才力去把詩的觸角伸得廣些，再廣些。

——呂進，《呂進文存・第一卷》，重慶：西南師範大學出版社，二〇〇九年，頁四一四

從詩的文化精神來說，詩有社會身份的問題，它應當有介入的銳氣，有承擔精神，那些逃避現實、躲進自我、原欲噴射的小我之作，從來在中國詩史上就沒有位置。

——呂進，《呂進文存・第三卷》，重慶：西南師範大學出版社，二〇〇九年，頁三一六

# 詩人與讀書

文化修養的獲得要靠多方面的努力，但讀書無疑是主要途徑。所謂讀書，當然不是指只是讀詩。詩人應當有較廣泛的文化修養，較豐富的知識結構，努力「融宇宙之萬有」。

——呂進，《呂進文存・第一卷》，重慶：西南師範大學出版社，二〇〇九年，頁三六六

古人把「讀萬卷書」與「行萬里路」並提是不無道理的。「讀」，開闊著「行」。知識淺薄、情趣單調的詩人在「萬里路」中看到的世界是狹窄的。

——呂進，《呂進文存・第一卷》，重慶：西南師範大學出版社，二〇〇九年，頁三六七

詩人應當主要通過讀書來加強自己的文化修養。但是，詩人不是一般意義上的學問家。學貫中西、識通古今的學問家並不都是詩人。「讀書破萬卷，下筆如有神」，重要的是「破」；「融宇宙之萬有」，重要的是「融」。——從詩的角度去「破」，用詩的藝術去「融」。詩不貴用典，從一般意義上去讀書，反而會妨礙寫詩。沈德潛說：「有第一等襟抱，第一等學識，斯有第一等真詩。如太空之中，不

著一點；如星宿之海，萬源湧出；如土膏既厚，春雷既動，萬物發生。」（《說詩睟語》）他描繪的，正是「萬卷」既「破」、「萬有」既「融」之後方才可能出現的「化境」。

——呂進，《呂進文存‧第一卷》，重慶：西南師範大學出版社，二〇〇九年，頁三六八

# 詩人是文明的「原始人」

詩人應當如同最早來到人間的人。他用自己的心去觀察生活，體驗生活；然後去觀察自己的感受，體驗自己的感受，並用詩表現自己的種種感受。

詩人的詩神衰老的標誌，是詩人對人間的一切都失去了新鮮感。

——呂進，《呂進文存・第一卷》，重慶：西南師範大學出版社，二〇〇九年，頁三八七

與同時代人相比，詩人更文明，也更「原始」。詩人比同時代人更文明，這自不待言，詩人總是民族的智慧和時代的良知。這裏所說的詩人比同時代人更「原始」，是指他進入創作過程後前邏輯心態。詩人此時似乎是來到世界的第一個人，他用驚喜的目光打量自己的四周。他似乎不懂得人們習以為常的基本常識與邏輯，而是對生活作出不同凡響的新奇領會與感應。詩人的詩是心靈的太陽重新照亮的世界。

——呂進，《呂進文存・第二卷》，重慶：西南師範大學出版社，二〇〇九年，頁一四四

我們真是遇見「原始人」了。這些洪荒時代的「原始人」！他們的思維似乎是混合性思維，生靈性與非生靈性、現實性與夢幻性都混淆不清。現實世界被分解了，又被重新組合了。新的世界是詩的世界。它和現

實世界有某種距離，正是憑藉這距離，詩的世界才以更大的生活充實性打動和淨化讀者。詩人其實是最現代的文明人呢！

——呂進，《呂進文存・第二卷》，重慶：西南師範大學出版社，二〇〇九年，頁一四五

對詩而言，想像就是深度：詩人深入對象的深度，詩人深入自己的深度。詩人憑藉文明去尋覓「原始」，詩人通過「原始」來表現文明。

——呂進，《呂進文存・第二卷》，重慶：西南師範大學出版社，二〇〇九年，頁一四九

# 學與似

白石老翁云：「學我者生，似我者死。」

「學」，往往以「似」為起點，以「不似」為終點。

詩學亦然。以「似」為終點的模仿者，無論他在立意、構思、手法、語言、風格上如何酷似被模仿者，卻永遠模仿不到被模仿者最值得模仿的東西——詩美創造中的獨創精神。

——呂進，《呂進文存‧第一卷》，重慶：西南師範大學出版社，二〇〇九年，頁四〇一

# 詩人修養

詩要求於詩人的修養是很多的，因為，按照黑格爾老人的說法，詩是最普遍最高的藝術。從雕塑到繪畫，從繪畫到音樂，詩集空間藝術和時間藝術為一體。它是流動的空間藝術，它是具象的時間藝術。它是藝術的高峰。沒有廣闊的藝術底蘊，猶如沒有豐富的人生經驗，很難出現優秀的詩人。

——呂進，《呂進文存‧第四卷》，重慶：西南師範大學出版社，二〇〇九年，頁一五〇

人之所以為人，就在於人能脫離直接性和本能性，人應當有精神追求。詩論家也不例外。他應當使個體的人上升為普遍性的精神存在。人品高尚，治學就會嚴肅和嚴謹。學問中有人。這就是古人說的「道德文章」。

——呂進，《呂進文存‧第四卷》，重慶：西南師範大學出版社，二〇〇九年，頁九四

對於詩人而言，自我觀照和內省的過程就是以社會與時代的審美標準提煉自己，提升自己，實現從現實人格向藝術人格的飛越與淨化的過程。現實與藝術之間總是存有「縫隙」。現實不等於藝術，現實人格不等於藝術人格。作為藝術品的詩歌是否出現，取決於詩人對自己的提煉程度，取決於詩人的藝術化、淨化、詩

化的程度。

——呂進，《呂進文存・第四卷》，重慶：西南師範大學出版社，二〇〇九年，頁二五四

對於非音樂的耳朵，最悅耳的音樂也不存在；對於沒有歷史知識的眼睛，任何歷史古跡也沒有意義。詩人的文化修養越高，學問越多，生活就越能以它的全部廣闊性和豐富性展現在他面前。

——呂進，《呂進文存・第一卷》，重慶：西南師範大學出版社，二〇〇九年，頁三六六

文化修養會幫助詩人走向生活的寬闊與縱深，幫助「本色演員」式的詩人走向「性格演員」式的詩人，幫助詩人拋開局促與膚淺，去打開生活的新天地。

——呂進，《呂進文存・第一卷》，重慶：西南師範大學出版社，二〇〇九年，頁三六七

抒情詩人應該有兩個方面的基本修養——一個是人格精神，一個是藝術功力。

——呂進，《呂進文存・第二卷》，重慶：西南師範大學出版社，二〇〇九年，頁四六一

所謂人格，這裏講的是審美人格。當然，由於抒情詩通常是詩人心靈的直寫，所以對於詩人而言，審美人格和現實人格有密切的內在聯繫。如果審視生活，就有日常生活和價值生活之分，詩是傾心於價值生活的。如果審視自然，就有事實性存在的自然和審美性存在的自然之分。自然一經入詩，就總是從事實性存在轉換為審美性存在。如果審視詩人，就有作為常人的詩人和作為詩人的詩人之分。詩人是常人，這是就其現

實人格而言。但是當詩人作為詩人而站立在人群中的時候，他就必須通過非常人化去獲得審美人格，這樣，他才能尋覓到感應世界和返躬內視的詩心。詩的「性情」既不是先天的自然感情，也不是後天的社會感情。二者都並不能直接入詩。中國詩論講的「情興」，就是心物衝突消除以後的一種昇華與淨化，詩人如果沒有人格精神，就很難獲得這種昇華與淨化。

——呂進，《呂進文存・第二卷》，重慶：西南師範大學出版社，二〇〇九年，頁四六一

人格是個性的，但是人格都是有關規範人在社會中的任務與狀態的一切性質的總和。詩人的人格精神的核心，一是他作為詩人在詩中的狀態，二是他作為詩人對自己使命的把握。前者就是詩人的非個人化問題，後者就是詩人的使命意識問題，後者是前者的自然引申。

一、詩人的非個人化。

常人不能寫詩。只要真正進入寫詩狀態，那麼，在寫詩的時候，常人一定是個詩人——在那個頃刻，他洗掉了自己作為常人的俗氣與牽掛，從非個人化的道路進入詩的世界。詩人的非個人化，就是常人情感向詩人情感的轉變，個人情感向藝術情感的轉變。沒有這種轉變，就沒有詩。

二、詩人的使命意識。

詩人要非個人化，不但必須對詩的藝術本質要有透徹的把握：原生態的個人感情不可能成為藝術的對象；而且必須對詩人的使命要有清醒的理解：詩人決不能只是自己心靈的迷戀者和乳母，美的創造就是非個人化的標準。

不管承認不承認，雖然抒情詩常常是詩人的內心世界的展覽，但是，「詩人就連在主體地位也還是一個客觀存在的人」。作為一個客觀存在，詩人披露的內心世界總會以不同方式反映出他的時代的精神生活的一般特徵——關鍵在於反映怎樣的特徵。

詩人的使命意識就要求詩人對外部世界和讀者持開放態度。

在一個永恆的命題——「詩是生活的兒子」上，詩人要保持高貴的清醒。對詩去服非詩勞役（如像散文那樣去敘述生活，或者像哲學那樣去思辨生活，或者，像政論那樣去闡述生活，等等）的任何可能應保持警覺，但是對詩通過自己的（而不是其他的）藝術軌道實現自己的使命也應保持很高熱情。文體自覺性和時代自覺性的統一，個性化和非個人化的統一，這是優秀詩人的特徵。

——呂進，《呂進文存・第二卷》，重慶：西南師範大學出版社，二〇〇九年，頁四六一～四六四

藝術修養和人格修養一樣，都是「詩外功夫」。詩的不可學，正是由於它的功夫都在詩外；詩的可學，正是由於潛在的「詩外功夫」是指向詩歌之宮的路標。

只說藝術修養其實還並不全面。廣泛地說，詩人應該有文化修養。古人說「讀萬卷書，行萬里路」，「讀書破萬卷，下筆如有神」，是有道理的。

詩歌有內容和形式兩個方面。詩人修養有人格修養和藝術修養兩個方面。完滿審美人格，完滿詩的藝術，這是一切有追求的詩人終生不懈的目標。

——呂進，《呂進文存・第二卷》，重慶：西南師範大學出版社，二〇〇九年，頁四六九～四七〇

# 博觀

劉勰在《文心雕龍》裏有句名言：「凡操千曲而後曉聲，觀千劍而後識器。故圓照之象，務先博觀。」在詩歌閱讀上，不可視野太窄，「博觀」十分重要。

——呂進，《呂進文存・第四卷》，重慶：西南師範大學出版社，二〇〇九年，頁二四七

要想得到藝術享受，享受者自己就得有藝術修養；要想得到詩的享受，享受者自己就得有詩的修養。而加強詩歌修養的重要途徑就是「博觀」——廣泛讀書。

——呂進，《呂進文存・第二卷》，重慶：西南師範大學出版社，二〇〇九年，頁三一

「博觀」，並不是胡亂找些詩來看。「取法乎上」，才有最好效果。

——呂進，《呂進文存・第二卷》，重慶：西南師範大學出版社，二〇〇九年，頁三二

從讀詩活動的階段講，一般先是各民族、各時期、各流派風格的名作都不妨多接觸，然後是主要廣泛閱讀自己喜愛的詩作。

具體的讀詩方法很多，不妨擇其大端分類羅列於後。其一，背誦。這是詩歌閱讀最基本的方法。其二，比較。有比較才有鑑別，鑑別力是鑑賞力的組成部分和起點。其三，預測。在已經取得相當詩歌修養的基礎上，「預測」是一種有效的讀詩方法。其四，讀詩外作品。

——呂進，《呂進文存‧第二卷》，重慶：西南師範大學出版社，二〇〇九年，頁三二～三三

提高詩歌修養就要讀詩，這種說法，雖然在尋找提高詩歌修養的主要途徑上是正確的，但是，就它的完整性而言，卻是錯誤的。廣泛的詩外閱讀，和提高詩歌鑑賞力有直接關係。《而庵詩話》說：「學詩而止學乎詩，則非詩；學三家之詩而止讀三家之詩，則猶非詩也。」有鑑於此，我們強調「讀詩外作品」，並願意把它作為具體的讀詩方法之一。

——呂進，《呂進文存‧第二卷》，重慶：西南師範大學出版社，二〇〇九年，頁三三

# 詩歌技巧篇

# 詩歌技巧的「有」與「無」

詩，最忌有「過剩的」技巧。讀者到詩中尋覓的是心的感應，是感情的慰藉與幫助。如果讀者第一眼看見的只是技巧，他在讀一首詩的時候總是「進不了角色」，總是感到詩人在作詩，那麼，我可以斷言，這首詩是不成功的。它是技術品，而不是藝術品。

——呂進，《呂進文存・第四卷》，重慶：西南師範大學出版社，二〇〇九年，頁一二五

技巧是詩的情感內容的翅膀。

只有翅膀，不成其為鳥；只有技巧，不成其為詩。詩人是披露時代的痛苦與歡樂的歌者，他不是製造工藝品的工匠。只熱衷於追求新奇的形式、時髦的技巧而忘記了社會主義新詩的神聖使命，這將導致詩人藝術生涯的減色。

——呂進，《呂進文存・第一卷》，重慶：西南師範大學出版社，二〇〇九年，頁三九二

任何高超的技巧都不能從根本上彌補詩人生活經驗的不足和詩美感受力的遲鈍。技巧，是只能用作「錦上添花」的美麗花束。

——呂進，《呂進文存‧第一卷》，重慶：西南師範大學出版社，二〇〇九年，頁三九三

一切好詩均可用「有」、「無」二字加以概括。

好詩是有詩意、無語言的。從詩美體驗的產生來看，它是一個由「無」到「有」的過程。要表現這個「無」中生出的「有」，詩人並不用語言去破壞這無言無聲之「有」。至言無言。「無」才是真「有」。詩篇之未言，才是詩人之欲言。

好詩是有功夫、無痕跡的。大巧若拙。外在的技巧是詩人不成熟的可靠象徵。詩的最高技巧是無痕跡的技巧。

——呂進，《呂進文存‧第二卷》，重慶：西南師範大學出版社，二〇〇九年，頁三五六

從抒情詩語言的正體這個視角，可以總括地說，一切好詩均可用「有」、「無」二字加以概括。

一、有詩意，無語言。至言無言。老子說「大辯若訥」。莊子說「大辯不言」。司空圖說「不著一字，盡得風流」。白居易說「此時無聲勝有聲」。詩創作的過程是由那「有」的詩美體驗向「無」語言過渡。「無」才是真「有」。詩篇的未言，才是詩人之欲言。「書形於無象，造響於無聲」的精髓是將讀者引往「無象」與「無聲」。有如禪家說的「有是無有，無有是有」。

「情到深處，每說不出。」從「有」到「無」，這「說不出」就以它的豐富與新鮮滲入讀者心靈。從

「有」到「無」，詩人就要儘量避「有」趨「無」——像前面所講，有經驗的詩人總是智慧地避開體驗的名稱。直接說出所傳達的體驗的名稱，是詩人在藝術表現上的無能。

二、有功夫，無痕跡。

這是又一個統一。像「至言無言」一樣，詩的最高技巧是無外露技巧。或者，詩的最高技巧是擺脫外露技巧的技巧，無痕跡的技巧。

——呂進，《呂進文存・第二卷》，重慶：西南師範大學出版社，二〇〇九年，頁三六〇～三六四

詩不是一種「知」，而是一種「悟」。它不是情感體驗的「外露」，而是情感體驗的「表演」。表演是需要技巧的。

——呂進，《呂進文存・第三卷》，重慶：西南師範大學出版社，二〇〇九年，頁二六

詩的寫作技巧很多。從寫作技巧的角度，可以總括地說，一切好詩均可用「有」、「無」二字加以概括。第一，有體驗，無文字。從詩美體驗的產生過程來看，它是一個由「無」到「有」的過程，或者，是一個「無」中生「有」的過程。第二，有辛苦，無痕跡。像至言無言一樣，詩的最高技巧是無技巧，即無外露痕跡的技巧。第三，有風格，無定法。這裏說的是至法無法。詩人寫詩大體都要經過無法——有法——無法三個階段。第二個「無法」其實是至法，是有法後的無法。

——呂進，《呂進文存・第三卷》，重慶：西南師範大學出版社，二〇〇九年，頁二七～三〇

談到如何表現「有」，那麼，這個過程就恰好倒過來了，詩人得以「無」去表現「有」，詩人要從「有」到「無」。

——呂進，《呂進文存・第三卷》，重慶：西南師範大學出版社，二〇〇九年，頁二七

高不言高，象外含其高；遠不言遠，筆外含其遠；靜不言靜，詩外含其靜。

——呂進，《呂進文存・第三卷》，重慶：西南師範大學出版社，二〇〇九年，頁二八

外在技巧不屬於技巧範疇，它只是一個詩人在藝術上不夠成熟的可靠自白。詩人就是與語言搏鬥並且征服語言的人，也可以說，詩人就是飽受語言折磨的人。

——呂進，《呂進文存・第三卷》，重慶：西南師範大學出版社，二〇〇九年，頁二九

# 「寓萬於一」與「以一馭萬」

春之精神寫不出，以花朵寫之。秋之精神寫不出，以落葉寫之。詩人要善於以「不說出」代替「說不出」，以象盡意。

——呂進，《呂進文存・第四卷》，重慶：西南師範大學出版社，二〇〇九年，頁一四七

應該說，一切樣式的文學都把語言精練作為追求目標之一。然而，詩的語言的精練程度無疑最高。詩總是體現著兩種對立傾向的和諧：一與萬，少與多，辭約與意豐，有限與無限，「盡精微」與「致廣大」；詩人總是兼有兩種品格：內心傾吐的慷慨與語言表達的吝嗇。

——呂進，《呂進文存・第一卷》，重慶：西南師範大學出版社，二〇〇九年，頁一一五～一一六

詩，總是兩種對立傾向的和諧：一與萬，簡與豐，有限與無限；詩人，總是兩種相反品格的統一：內心傾吐的慷慨與語言表達的吝嗇。

——呂進，《呂進文存・第二卷》，重慶：西南師範大學出版社，二〇〇九年，頁一七五

從詩歌史看，中國詩歌的四言、五言、七言而長短句、散曲、近體詩和新詩，一個比一個獲得傾吐複雜情感的更大自由，這樣的發展趨勢與社會由簡單到複雜、由低級向高級的發展趨勢是遙相呼應的。可是，從語言著眼，與詩歌內容的由簡到繁正相反，詩歌語言卻始終堅守著、提高著它的精練性，它按照與內容相對而言的由繁而簡的方向發展。五言是兩句四言的省約，七言是兩句五言的省約。新詩，就其內容的複雜性來說，其語言應當相對地遠比舊詩精練。隨著社會的發展，新詩容量雖然大大擴展了，而詩歌語言卻要清醒地保持精練美，沒有後者，詩歌就會下落到散文領域中去。

——呂進，《呂進文存・第二卷》，重慶：西南師範大學出版社，二〇〇九年，頁一七五

小詩的「寓萬於一」，絕不是將讀者局限於「一」，而是用形象的「一」去作為讀者想像的翅膀，讓讀者憑藉自己的生活經驗去感受，去遐想，去發現，去思索，「精鶩八極，心游萬仞」，「以一馭萬」。小詩誠然要「工於字句之間」，但尤需「妙於篇章之外。」「一」，是小詩的外貌；「萬」，才是小詩的藝術容量。讀者讀到的是「一」，想像到的是「萬」。讀者想像的空間有多大，小詩的藝術容量就有多大。

——呂進，《呂進文存・第一卷》，重慶：西南師範大學出版社，二〇〇九年，頁二七三

# 苦而無跡

詩家語往往「成如容易卻艱辛」，當讀者在詩篇中看不到詩人的「艱辛」而又大受感動的時候，說明詩家語已經提煉到爐火純青的地步了！

——呂進，《呂進文存·第一卷》，重慶：西南師範大學出版社，二〇〇九年，頁三四六

陶淵明說：「此中有真意，欲辨已忘言。」（《飲酒·之五》）詩人獲得詩美體驗時是「忘言」的，詩人將體驗物態化時又得從「忘言」走向「尋言」。而「尋言」由於詩沒有現成的藝術媒介變得十分艱難。從這個角度，可以說詩人就是飽受語言折磨的人，或者，詩人就是與語言搏鬥並且征服語言的人。和散文文體相比，詩歌在語言運用的工力上要求更高，如果不說高得多的話。所以，從古至今，沒有一位真正的詩人不慨歎「尋言」之苦。「吟安一個字，撚斷數莖須」；「句句夜深得，心自天外歸」；「吟成五字句，用破一生心」；「蟾蜍影裏清吟苦，舴艋舟中白髮生」；「借問別來太瘦生，總為從前作詩苦」；「夜吟曉不休，苦吟鬼神仇。如何不自閒，心與身為仇」；「莫怪苦吟遲，詩成鬢亦絲」。這些，都是古代詩人的慨歎。新詩人的情形也幾乎相同。例如臧克家便是一位聞名於世的「苦吟詩人」。他寫詩時總是反覆推敲，非搞得形銷骨立而後已。

詩人下的這番苦功夫，詩人高超的工力，卻又以隱形化為上。我國古代詩論多有這方面的闡述。皎然《詩式》說：「至苦而無跡。」詩人「至苦」，讀者感到「無跡」，這才是抒情詩語言的正體。詩人難寫，讀者易讀。但讀者的「易」並不是詩人的「淺」。易，指詩篇的「達」意。讀者由「達」而入，一步步走向不盡之意，獲得自己的詩。

——呂進，《呂進文存・第二卷》，重慶：西南師範大學出版社，二〇〇九年，頁三六四～三六五

技術只有在服務於詩的情感內容的時候才能提高到技巧的水平，才具有詩的價值。因此，詩的最高境界是樸，大巧之樸；是淡，濃後之淡；是自然，「苦而無跡」；是形式，擺脫形式而獲得的形式。

——呂進，《呂進文存・第三卷》，重慶：西南師範大學出版社，二〇〇九年，頁一四九

# 脫俗與通俗

詩家語務求脫俗。循習陳言，規摹舊作，必無佳構。但故意追求險字，用語扭捏作態，這也不是「脫俗」，而正是詩家欲「脫」之「俗」中的一種。這類詩章，「脫」離者不是「俗」，而是自己的讀者；它們由「脫俗」出發，結果仍落入「俗」的窠臼。

艾青這樣歌唱周恩來：「目光探索離得遠的／走向那被人冷落的／發掘那被埋沒了的／想起那被遺忘的」。流沙河這樣歌唱黨：「我讚美你毫無興趣傾聽我的讚美」。這些詩行，推去一切陳言，而又通俗易懂、用語平易，但「平」中有新意，「易」中見功夫，自是脫俗之作。脫俗而又通俗，這是詩家語的極高境界。

——呂進，《呂進文存・第一卷》，重慶：西南師範大學出版社，二〇〇九年，頁三九〇

詩貴自然。「清水出芙蓉，天然去雕飾」是一種很高的美。然而，情感的自然流露不等於說詩的語言可以照搬生活語言或散文語言而不加以詩的處理。

——呂進，《呂進文存・第二卷》，重慶：西南師範大學出版社，二〇〇九年，頁一八一

詩歌對語言的處理，又並不是使詩歌語言擠眉弄眼，矯揉造作。它的最終目標是加強對詩意的表達。這裏用得著黑格爾的一段話：「用心雕琢的作品不應喪失自然流露的面貌，應該給人以它彷彿是從主題內核中自己生長出來的印象。」

——呂進，《呂進文存・第二卷》，重慶：西南師範大學出版社，二○○九年，頁一八一

# 虛與實

詩人的主觀感情通常要通過詩歌形象來實現客觀化與對象化。詩歌形象大體包括兩個方面：抒情主人公（往往是詩人自己）形象和景物（抒情主人公以外的人、事、物、景）形象。它們都有虛實之分。

——呂進，《呂進文存・第一卷》，重慶：西南師範大學出版社，二〇〇九年，頁三四七

實的詩歌形象具有再現性與直接性的品格。所謂再現性，就是它酷似現實；所謂直接性，就是它是呈現於讀者面前的語言塑造的可視外形。虛的詩歌形象有兩類：一類的基本品格是表現性，另一類的基本品格是間接性。再現性形象是鏡中形，而表現性形象是燈下影。在詩情的燭照下，現實在詩箋上留下的只是投影，如同廚川白村所說：「燭光照著的關閉的窗是作品。」表現性形象來自現實而又超脱現實。現實的時間、空間、色彩、線條、音響等等實現了合情（抒情邏輯）但顯然不合理（抽象邏輯）的種種結合與分離，創造出「不然而然」的形象，「意似之間」的形象。

——呂進，《呂進文存・第一卷》，重慶：西南師範大學出版社，二〇〇九年，頁三四八～三四九

酷似現實與否，不是判斷詩歌形象真實性的準繩。實的詩歌形象和虛的詩歌形象都可能忠實或歪曲現實。表現性形象的真實性來源於支配它的詩人情感的真實性，來源於詩人之情是時代之情的真實反映。

——呂進，《呂進文存・第一卷》，重慶：西南師範大學出版社，二〇〇九年，頁三四九

虛實形象都有自己的「度」。這個「度」就是完美地對詩情予以物質材料的表現。適度才有美。

——呂進，《呂進文存・第一卷》，重慶：西南師範大學出版社，二〇〇九年，頁三五二

過實則庸。

過實形象拒絕提煉與概括，只是複製生活的技術品，而不是歌唱生活的藝術品。停留於表面真實，作生活真實的奴隸，也就損害了詩的真實。過實形象體不靈，氣不逸，只能匍匐於大地，升騰不起來。清人袁枚在《續詩品・用筆》中說得好：「鍾厚必啞，耳塞必聾。萬古不壞，其惟虛空。」

——呂進，《呂進文存・第一卷》，重慶：西南師範大學出版社，二〇〇九年，頁三五二

過虛則妄。

表現性形象不合抒情邏輯，只是時間、空間、色彩、線條、音響等等的隨意組合，成了意象遊戲或文字遊戲，這就由虛擬走向怪誕。間接形象沒有運用直接形象蓄勢，沒有「以實境逼，促虛境生」，給讀者以把握想像流向的暗示，這就會使人無從索解，成了詩謎。

——呂進，《呂進文存・第一卷》，重慶：西南師範大學出版社，二〇〇九年，頁三五二

過實形象的出現，往往源於詩人對詩的真實性的誤解，或者是詩人在想像上的「詩膽」不足；過虛形象的出現，往往源於詩人對詩與生活的關係的偏見，或者是詩人走向藝術創新的失誤。

——呂進，《呂進文存・第一卷》，重慶：西南師範大學出版社，二〇〇九年，頁三五三

所謂虛實相生，是指使虛實兩類詩歌形象互為支援、交錯與轉化的手法。虛實形象的相對性和它的具體形態的豐富性帶來虛實相生的無窮性。善於把握虛實相生的手法，詩人就能使他的作品「真中有幻，幻中有靜，寂處有音，冷處有神」。虛虛實實，實實虛虛，風雲變幻，不一而足。

——呂進，《呂進文存・第一卷》，重慶：西南師範大學出版社，二〇〇九年，頁三五三

虛實，是指詩歌意象而言。

詩歌意象大體有三種基本形態：形似的，影似的，無形無影的；或者，除了前已述及的「鏡中形」和燈下影，還有無象之象。

形似的形象是實象，它有再現性與直接性的品格。當然，實象再實，也已經是意象——它已經經過了詩人的「清洗」，不遺其形似，又妙在形似之上；它不失於表現對象，又不窘於表現對象。

同可視可觸的實象相反，虛象不具備再現性和直接性，它是表現性和間接性的意象。

詩的虛實的修辭方式中的虛，有兩種意象。

一種是影似意象。它是現實的一種變形，是「然而不然」、「意似之間」的意象，在外形上具有明顯的虛擬性。

另一種是無象之象。

虛實意象都有自己的「度」。過實則庸。過虛則妄。過虛就會由虛擬走向怪誕，由空靈走向晦澀。虛實相生，就使詩篇「真中有幻，幻中有靜，寂處有音，冷處有鍾」，詩味飽滿。

時空轉換其實也是一種虛實相生：物理時空是實，心理時空是虛。

——呂進，《呂進文存・第二卷》，重慶：西南師範大學出版社，二〇〇九年，頁四〇〇～四〇五

就美學實質而言，象徵同樣也是一種虛實相生。象徵，是通過或一特定的詩歌意象以表現與之相近或相似的事物或情思的修辭方式。象徵有隱、顯兩個層面。（「象徵」一詞的希臘文原意是「把一塊木板分成兩半，雙方各執其一，以表示接待」的信物。所以，象徵一定至少要有兩個層面。）隱為實，顯為虛；或隱為虛，顯為實，這樣的相互交錯與轉化，便產生詩的語言了。

象徵總是在詩篇中創造兩個以上的各自完整而又相互表裏的境界。讀者一旦突破外在境界而進入隱蔽境界，就會獲得某種詩趣。

象徵可以用來表現全詩主旨，比如寄託詩就常常運用它統率全篇；象徵也可以只用於詩篇的局部構思，這種情況往往出現在直抒胸臆的篇章中。

運用象徵這種修辭方式時，也應注意避免過實過虛的問題。過實，太粘太似；過虛，太飄太浮，都會因過了「度」而影響詩篇的成功。

——呂進，《呂進文存・第二卷》，重慶：西南師範大學出版社，二〇〇九年，頁四〇七

所謂虛實相生，其實很重要的一個體現就是轉品。中國詩歌講究煉字，而煉字的要緊處在動詞，詩中的動詞又常常由其他詞類轉品而來。古詩中有許多這類名句，如「紅杏枝頭春意鬧」，「春風又綠江南岸」，「微風燕子斜」。新詩中這種現象也極為普遍，詩人或巧用動詞，或運用轉品來鑄煉動詞，造成虛實相生。

——呂進，《呂進文存・第二卷》，重慶：西南師範大學出版社，二〇〇九年，頁四〇九～四一〇

抒情詩的內容是像風飄過琴弦一樣震動詩人心靈的瞬間體驗，是去掉了物質性的內視體驗，所以，抒情詩的篇幅不能太長。詩人遵循節縮原則寫作，借助簡約、省略、掩遮、殘句等的融合來創造詩的語言。這就必須造成語句的不連貫，或曰跳躍。

如果說繁是實，簡是虛；墨是實，白是虛；「有」是實，「無」是虛；那麼，跳躍同樣也是一種虛實相生。

——呂進，《呂進文存・第二卷》，重慶：西南師範大學出版社，二〇〇九年，頁四一二

# 露與藏

詩人應當「直爽」，樂於向讀者傾吐悲歡；在表達詩情的時候，詩人又常常需得丟掉「直爽」，「王顧左右而言他」。要吟詠鮮花，最好去唱枝葉，唱大地，唱陽光；要吟詠水兵，最好去唱流雲，唱大海，唱軍艦。

——呂進，《呂進文存・第一卷》，重慶：西南師範大學出版社，二〇〇九年，頁三九〇

詩的表現方式無限豐富。可以直，可以曲；可以露，也可以藏。而且常常是直中有曲，曲中有直；露中有藏，藏中有露。但是，詩總是與「曲」和「藏」更親近。

在詩的天平上，「曲」和「藏」往往比直露的砝碼更重。

——呂進，《呂進文存・第一卷》，重慶：西南師範大學出版社，二〇〇九年，頁三九一

# 詩與法

國無法則國亂，詩有法則詩亡，國有法則國治，詩無法則詩興。

——呂進，《詩家語，一種特殊的言說方式》，《詩刊》二〇〇五年第一期

詩喜樸，詩拒巧。優秀的詩人知道用樸不用巧。大巧若樸。

——呂進，《詩家語，一種特殊的言說方式》，《詩刊》二〇〇五年第一期

對於詩歌技法，擺脫一切而獲得一切。詩歌技法的最高妙處就是無技法。石濤在《畫語錄‧變化章》中講：「至人無法。非無法也，無法而法，乃為至法。」繪畫如此，寫詩亦然。

——呂進，《詩家語，一種特殊的言說方式》，《詩刊》二〇〇五年第一期

真正的詩句必是對散文語法的背叛。

——呂進，《詩家語，一種特殊的言說方式》，《詩刊》二〇〇五年第一期

任何技法都不能從根本上彌補詩人生活經驗的不足和詩美感受力的遲鈍。技法只是「錦上添花」的花。

——呂進，《詩家語，一種特殊的言說方式》，《詩刊》二〇〇五年第一期

詩人是披露人類的痛苦與歡欣的歌者，他不是製造工藝品的工匠。

——呂進，《詩家語，一種特殊的言說方式》，《詩刊》二〇〇五年第一期

# 理趣

「理」不礙詩。

但是，詩的「理」不是概念的「理」。

詩同世界的聯繫比概念同世界的聯繫更豐富，如同現象比規律更豐富。雖然因此詩的「理」不得不在表達的明確性與嚴密性上遜色於概念的「理」。

「理」之在詩，如水中鹽，空中音，穀中霧，蜜中花，它附麗於形象，融合於形象，潛藏於形象，有中若無，無中若有。照馬雅可夫斯基的說法，它是「被感覺著的思想」，是一種詩趣。

概念的詩，就是對於概念來說，它也夠乏味了，因為它缺乏哲學論文那種邏輯力量的魅力。

——呂進，《呂進文存‧第一卷》，重慶：西南師範大學出版社，二〇〇九年，頁三九三～三九四

# 單純即豐富

作詩是奇異易，平淡難。平淡的詩，「看似尋常最奇崛，成如容易卻艱辛」。古論說：「作詩無古今，欲造平淡難。」平和，淡遠，是詩的高格。平淡，往往是一位詩人成熟的象徵。

——呂進，《呂進文存・第四卷》，重慶：西南師範大學出版社，二〇〇九年，頁一〇一

單純即豐富，如夜空星斗，晶瑩明亮，展示著夜空之寧靜；如大江上的白帆，浩淨飄逸，展示著大江之淡遠。

單純，是生活在詩的高爐中高度熔煉與昇華的結晶。

——呂進，《呂進文存・第一卷》，重慶：西南師範大學出版社，二〇〇九年，頁三九九

# 家常語入詩

《隨園詩話》云：「家常語入詩最妙。」所謂「家常語」，我認為即是普通人「家」口中「常」用的成「語」、諺「語」、詩家「語」之類。袁枚舉出的《詠牡丹》中的「樓高自有紅雲護，花好何須綠葉扶」，便是由「牡丹再好，也要綠葉扶持」這句諺語而來。

家常語也常入新詩。有正用：方敬《北戴河詩箋（五）》：「沙灘，再見吧，我遠遠乘興而來，不是為了沙裏淘金；感謝你，沙灘，我帶走的也不是金。」有反用：梁上泉《山泉》：「在山泉水清，出山泉水潔。」這是反用「在山泉水清，出山泉水濁」而來。有點化：賀敬之《桂林山水歌》：「江山多嬌人多情，使我白髮永不生。」詩句由蘇東坡《念奴嬌・赤壁懷古》點化而來。

家常語，因為人們十分熟悉，一經入詩，便很有利於詩篇的簡約精練和易懂易記。在家常語的妙用中，顯示出詩人的靈動、機智和深邃，詩的魅力由此而平添許多。

——呂進，《呂進文存・第一卷》，重慶：西南師範大學出版社，二〇〇九年，頁三八九〜三九〇

新詩語言以它的精練作為與生活語言的主要區別之一，而要做到這一點，詩人又離不開生活。詩人應當到生活的語言礦藏中去開掘，在生活中保持語言的敏感，從而從生活語言中把「精」華提「煉」出來，「用

語言把人們的心靈照亮」（普希金）。

——呂進，《呂進文存・第二卷》，重慶：西南師範大學出版社，二〇〇九年，頁一八一

# 工於捕捉特徵

任何藝術品都不會刻板地描摹生活。藝術品之成為藝術品，它在再現自己的描摹對象時，總是力求把描摹對象的最能體現本質、最富個性的特徵表現出來。

黑格爾稱藝術品的這一品格為「清洗」。詩，是「清洗」得最徹底、最乾淨的藝術品。詩在再現大千世界的種種事物和現象的時候，總是敏銳、準確地捕捉吟詠對象的基本特徵，以最經濟的筆墨在最鮮明的形式中把它們表現出來。

艾青在近作《紐約》中，這樣描繪這座世界第一大都會：「太多的摩天大樓／鋼鐵與玻璃的懸崖絕壁／它們中間的無數峽谷裏／流淌著車輛的洪流」。一切屬於一般都會的東西，一切可能遮蓋紐約的基本特徵的東西，都被「清洗」掉了。僅僅四個詩行，紐約風情便躍然紙上。青年詩人鄧海南參觀一家自行車廠的裝配車間後唱道：「無數個閃著白光的圓圈疊在一起。無數個烏黑發亮的三角疊在一起。」裝配車間的一切，都被詩筆「清洗」出去。但是由特徵而再現整體的裝配車間反而得到明確而又富有詩意的表達。

工於捕捉特徵，是詩人的一個重要本領。只有工於捕捉特徵，詩人才能用詩的精練語言「言在耳目之內」，並從「耳目之內」超脫出來，「情寄八荒之表」。

——呂進，《呂進文存・第一卷》，重慶：西南師範大學出版社，二〇〇九年，頁三八九

# 什麼是靈感

我們認為，詩的靈感是詩人的主觀世界與客觀世界最愉快的邂逅，是詩人形象思維活動由量變到質變的飛躍所產生出來的高度創造能力。

——呂進，《呂進文存・第一卷》，重慶：西南師範大學出版社，二〇〇九年，頁一四九

「靈感」這個詞，在英語裏寫作「inspiration」，在俄語裏寫作「вдохновение」。英語和俄語的「靈感」一詞的詞根都是「吸入」的意思。離開從客觀世界的「吸入」，無所謂靈感。對於一首詩來說，靈感是因；對於客觀世界來講，靈感是果。由客觀世界獲得靈感，由靈感而開始創作，這是詩人的寫詩過程。

——呂進，《呂進文存・第一卷》，重慶：西南師範大學出版社，二〇〇九年，頁一四九

靈感是詩人主觀世界與客觀世界最愉快的邂逅，而不是「神賜」；靈感是詩人的形象思維活動由量變到質變的飛躍所產生出來的高度創造能力，而不是「天才」腦中的專利品。所以，靈感並不神秘。它是詩歌創作（實際上也是文藝創作，也是人類一切創造性活動）的開始，一切扎實地深入生活、辛勤地進行詩歌創作的人都有可能獲得它。

——呂進，《呂進文存・第一卷》，重慶：西南師範大學出版社，二〇〇九年，頁一五一

靈感使詩人由動入靜，進入審美靜觀；靈感使詩人由散而聚，詩人在客觀世界裏的長期積累突然向一個體驗焦點奔跑、集中、融合。

——呂進，《呂進文存・第二卷》，重慶：西南師範大學出版社，二〇〇九年，頁三六八

靈感是詩人的主觀世界與客觀世界最愉快的邂逅，是詩人消除心物衝突後的心靈昇華。

——呂進，《呂進文存・第二卷》，重慶：西南師範大學出版社，二〇〇九年，頁三六九

靈感可分兩類。心上的詩是體驗性靈感，創作過程中的靈感是創造性靈感。體驗性靈感是藝術靈感，創造性靈感則是人類一切創造活動都可能出現的。

——呂進，《呂進文存・第二卷》，重慶：西南師範大學出版社，二〇〇九年，頁三八〇

# 靈感的特點

概括起來講，詩的靈感有四個基本特點：突發性、強烈性、不重複性和抒情性與音樂性。前兩點是一切靈感共有的；第三點隻屬於藝術靈感；而最後一點則是詩的靈感所特有。

一、突發性。

靈感不能「召之即來」，不能「計畫製作」。它在詩人豐富的生活積累的基礎之上，在詩人緊張的形象思維活動中，往往由於一個偶然機緣而突然到來，它出現的時間與地點都是詩人預先無法預料的。與突發性相聯繫，靈感還有易逝性。它雖然不能「召之即來」，可是可以「揮之則去」。靈感離去的速度如同它到來的速度。所以電光石火般瞬現即逝的靈感常常弄得詩人措手不及——歡樂得措手不及。

二、強烈性。

靈感是詩人心靈的地震。它使詩人處於物我兩忘的狀態，處於極度興奮的狀態，視而不見，聽而不聞，食而無味。

靈感的強烈性，不但指心靈震動的強烈，也指強烈的歡樂——創造的歡樂，突破的歡樂。創造的緊張與豁然開朗的歡樂交織一體。所以，別林斯基把靈感稱為「緊張的歡樂狀態」；所以，詩人有「欣然命筆」之說。

真正的靈感總是帶著強烈性。也就是說，是否強烈，是區分真正靈感與虛假靈感的標誌之一。

三、不重複性。

詩的靈感的不重複性來源於詩的概括方式。實際上，不重複性屬於所有門類的藝術。藝術用形象思維來概括生活，科學用邏輯思維來概括生活；藝術顯示生活，科學證明生活；藝術從大量具體的感性材料中，經過典型化，創造出具體感人的藝術形象，科學從大量具體的感性材料中引出抽象的規律性的結論；藝術從第一個具體（感性材料）走向第二個具體——以自己的獨特形象、獨特方式顯示事物本質和事物發展的客觀規律的具體，科學從具體（感性材料）走向抽象——事物的本質、事物發展的客觀規律。藝術顯示某一課題的形象是多樣化的、千姿百態的、無法窮盡的；科學在某一課題上的結論是相同的。

四、抒情性與音樂性。

由詩的本質所決定，詩的靈感較之其他品種的語言藝術靈感，是帶有強烈的抒情性與音樂性的靈感。詩的靈感卻有明顯不同。對於情節生動的故事，詩的靈感往往比較冷漠，而對於生活中感情化、音樂化的浪花卻特別熱情。詩的靈感即使由情節生動的故事而觸發，它也並不主要包涵故事本身，而是盡力擺脫故事本身。因此，從情節的角度看來詩的靈感是沒有內容的，其實它很有內容；詩的靈感的內涵似乎是很少的，其實它的內涵很豐富。

——呂進，《呂進文存‧第一卷》，重慶：西南師範大學出版社，二〇〇九年，頁一五一～一五七

靈感來得突然，去得快捷，可謂來如風，去如煙。所以，詩人捕捉靈感需得敏捷。《而庵詩話》說：「好詩須在一剎那上攬取，遲則失之。」古論提倡「乘興而作」，也和靈感的短暫性有關。及時地從靈感到

詩，往往能夠保持詩人感物而動的詩美體驗的全部新鮮性，從而使詩像早晨盛開的花朵上的露珠。

靈感就是內心的詩。靈感的浪費是詩的最大浪費。

——呂進，《呂進文存‧第二卷》，重慶：西南師範大學出版社，二〇〇九年，頁三七一

如果詩人獲得了真正的靈感，他一定會感到在那美妙、明亮的瞬間他既失去了自己，也失去了對象。靈感使對象消融為詩人，同樣，它又使詩人消融為對象。二者都從「有」歸於「無」。雖然從靈感的獲得來講，這是「有」；但從物質規定性來講，「有」又是「無」。這就是古論所謂的物我兩忘或物我無間。

靈感使詩人進入視而不見、聽而不聞、食而無味的狀態。詩人作為常人已經消失，他從常人上升到了詩人，他看到了世界的底蘊，聽到了人生最神秘的音響，他就是自然，自然就是他。

——呂進，《呂進文存‧第二卷》，重慶：西南師範大學出版社，二〇〇九年，頁三七一

和散文靈感相比，詩的靈感有顯著不同。對於情節複雜的故事，詩的靈感比較冷漠，而對於生活中感情化、音樂化的浪花卻特別熱情；對於實處，詩的靈感比較冷漠，而對於虛處卻特別熱情。詩的靈感即使由情節生動的故事而觸發，它也盡力擺脫故事本身，由實生虛。因此，從散文和科學的角度看來，詩的靈感是沒有內容的、模糊的。從另一個角度講，詩的靈感是體驗，而不是思維。非思維性也使得詩的靈感帶上模糊性，像禪家所言：「無數量，無形相，無音聲，不可覓，不可求，不可以智慧識，不可以言語取」。

——呂進，《呂進文存‧第二卷》，重慶：西南師範大學出版社，二〇〇九年，頁三七六

# 靈感的獲得

當詩人無意識地從客觀世界「吸入」大量某方面的感情素材、形象素材的時候，他的主觀世界——他的心靈在這方面特別敏感。一個偶然機緣會導致詩人的主觀世界與客觀世界的邂逅——導致靈感的爆發。正是「長期積累」孕育了「偶然得之」。

——呂進，《呂進文存・第一卷》，重慶：西南師範大學出版社，二〇〇九年，頁一四九

獲得靈感的基本規律是間接性。蘇聯戲劇理論大師史坦尼斯拉夫斯基說得對：「決不要為靈感本身去思考靈感。不要直接追求靈感。」夢想像摘蘋果一樣去直接獲得靈感，是不切實際的，只能如同守株待兔者一樣一無所獲。

——呂進，《呂進文存・第一卷》，重慶：西南師範大學出版社，二〇〇九年，頁一五九

靈感是生活之花。

對生活抱著積極的態度，靈感才喜歡時常造訪。越是豐富地體味了人生，越有較多的獲得靈感的契機。生活的土壤越豐沃，靈感就常「不擇地而盡出」。

——呂進，《呂進文存・第一卷》，重慶：西南師範大學出版社，二〇〇九年，頁一五九

靈感，是藝術勞動之花。

對詩的藝術探索勇於付出自己的辛勤勞動甚至整個青春和一生的人，才有可能較多的獲得靈感的可能性。

詩的靈感多產生在形象思維活動高度集中的時刻，正是高度集中的形象思維活動才能在認識上容易產生突破。

離開豐沃的生活土壤，卻幻想有主觀世界與客觀世界最愉快的邂逅；離開艱苦的藝術勞動，卻幻想在形象思維活動中有認識上的飛躍，這是捨本求末。

——呂進，《呂進文存．第一卷》，重慶：西南師範大學出版社，二〇〇九年，頁一六〇

詩歌創作從靈感到構思到寫作的過程常常是比較短暫的。及時地從靈感到詩，往往能夠保持詩人被生活喚起的新情緒、新激動、新興奮的全部新鮮性，從而使詩像露珠一樣新鮮。

——呂進，《呂進文存．第一卷》，重慶：西南師範大學出版社，二〇〇九年，頁一六三

從思維過程來講，靈感是詩人形象思維活動由量變到質變的飛躍所產生出來的高度創造能力。量變是漸變。量變階段的形象思維活動不那麼引人注目，往往連詩人自己也並沒有察覺。感情、形象在悄悄地日積月累。詩人心靈在不自覺地「吸入」。

量變引起質變。和量變的悄然無聲相反，質變是山洪之暴發，大炮之轟鳴，長期悶熱後之暴雨，它是瞬間的飛躍，令人震驚，叫人感到突然。詩人的想像力高度發揮出來了：互不相關的感情積累、形象積累突然組合起來，長期的無意識得到的積累向著一個焦點集中了，濃縮了，變成了閃光的詩句。

——呂進，《呂進文存‧第一卷》，重慶：西南師範大學出版社，二〇〇九年，頁一五〇

在深入生活、艱苦勞動的基礎上，靈感的獲得常常有幾種情況。

一、其他事物的啟示。

靈感常是詩人在豐富的生活體驗基礎上，在醞釀、孕育的成熟階段，由其他事物（可能是有關事物，大量的是無關事物）的啟示而出現的。其他事物像靈感的導火線。

除了生活與勞動，詩人的知識視野越廣闊，他的詩思天地也越廣闊，他獲得靈感的機緣越多。因此，詩人最好不只是關在詩的世界裏，而是一個博識家。除了多識草木鳥獸之名，戲劇、小說、散文、雕繪、音樂，以及日月星辰、江河湖海、原子電子，都應當在詩人胸中有位置。

二、改換習慣性的形象思維方式。

一位詩人常常有一種習慣性的形象思維方式。他總是有自己感受、概括、歌唱生活的特有方式，有自己的擁抱生活的特有方式。這是好事。但是，也有消極的一面。

詩的出色往往在於出格。詩人要善於創格，也要勇於破格。既破人之格，也破己之格。不抄襲別人，也不抄襲自己。不隨人後，也不隨己後。拘於定格，因襲舊格，就會給靈感的來訪關上大門，導致靈感的枯竭。

——呂進，《呂進文存‧第一卷》，重慶：西南師範大學出版社，二〇〇九年，頁一六〇～一六二

決不能為靈感本身去思考靈感，決不能直接去追求靈感。

靈感是生活之花。越是豐富地體味了人生，越有較多的獲得靈感的契機。靈感是藝術勞動之花。對詩的藝術探索勇於付出自己的辛勤勞動甚至整個青春和一生的人，才有可能較多地獲得靈感。

投入生活、充當「心與身為仇」的「詩魔」，這是獲得詩的靈感的基本之路。

——呂進，《呂進文存・第二卷》，重慶：西南師範大學出版社，二〇〇九年，頁三七八

具體來講，靈感的獲得大體有兩種情況。一種情況是原型啟發。原型，即起啟發作用的事物，例如已經舉到的「四月」這個自然季節。啟發，就是從原型中得到物我相融的靈感。大自然、社會生活中的一切事物都可以充當原型，例如草木鳥獸、日月星辰、江河湖海、原子電子、音樂繪畫、日常交談，等等，等等。世界有多豐富，原型就有多豐富。另一種情況是沒有原型啟發。詩人在注意轉移的情況下，或者在改換習慣性的感悟方式的情況下，獲得詩的靈感。成熟的詩人總是有自己的感受方式，有自己的擁抱方式。這種狀況也有負面意義：「過熟則滑」，容易得到虛假靈感。詩的出色往往在於詩的出格。善於創格者也要勇於破格——既破人之格，也破己之格。不抄襲別人，也不抄襲自己。不隨人後，也不隨己後。轉移注意、改換習慣方式，有時就會使凝絕的詩泉暢通，靈感欣然而至，柳暗花明。

——呂進，《呂進文存・第二卷》，重慶：西南師範大學出版社，二〇〇九年，頁三七八

# 詩的構思過程

詩歌創作的整個過程要徹底排除散文意識。所謂散文意識，在內容方面，主要指非抒情美的東西；在形式方面，主要是非音樂美的東西。沒有這一「排除」，就不可能真正進入詩的創作過程。

——呂進，《呂進文存・第一卷》，重慶：西南師範大學出版社，二〇〇九年，頁一四八

創作從靈感開始。此前，詩人對或一詩作的醞釀是無意識的。在爆發靈感之後，他對作品的醞釀就是有意識的思考了。一首詩的思考過程，就是詩的構思。這種思考過程實際上有三個方面：深化對所歌唱的生活的形象把握過程；尋找最適當最有力的藝術表現形式的過程；發展詩人藝術個性的過程。構思，總是在對詩人之情與客觀世界、內容與形式、詩人創作的原有高度與新高度的一連串矛盾的解決中獲得進展與成功。

——呂進，《呂進文存・第一卷》，重慶：西南師範大學出版社，二〇〇九年，頁一六六

簡要地講，詩的構思過程大體由詩情提煉始，包括角度選取，佈局謀篇和語言錘煉。

一、詩情提煉。

詩的主要內容是情。思想感情，是構思的統帥。情新則詩新，「意正則思生」。

詩的構思的首要任務，是從感情原型中提煉嶄新的詩情。這一「提煉」過程，實際上就是詩人深化對所歌唱的生活的形象把握過程。詩人對生活開掘得越深，這一「提煉」就越成功。所謂「提煉」詩情，就是從一般感受中尋覓顯示一般感受的獨特感受，從共同感受中尋覓表現共同感受的具體感受。抄襲生活，只有一般的共同的感受，談不上獨到的構思。詩總是以在感情領域「發前人之未發」，「善言人之欲言」取勝。

所謂「提煉」詩情，就是從一般感受中尋覓顯示一般感受的獨特感受，從共同感受中尋覓表現共同感受的具體感受。抄襲生活，只有一般的共同的感受，談不上獨到的構思。詩總是以在感情領域「發前人之未發」，「善言人之欲言」取勝。

二、角度選取。

抒發詩情應當選擇合適的角度。一般地講，有兩個大角度。一是直抒胸臆。詩人直接站出來，用形象的語言歌唱生活。一是寄託。詩人自己隱藏起來，藉物寄情，藉人表意，藉景抒感。

角度的選取標準在於詩情。對於或一詩情來說，總是有最合適的角度。

直抒胸臆的詩，比較「顯」，更帶鼓動性。寄託的詩，比較隱，更帶含蓄性。直抒胸臆的詩和寄託詩都離不開形象。

直抒胸臆的詩要忌空泛，要塑造出鮮明的、個性化的詩人形象。為了更好地表達詩人的思想感情，可以選取生活中的某些景物形象加以提煉，以增強詩的形象化。

寄託詩的特點，是詩人並沒有或主要並沒有在所抒之情上落墨，而是在寄託的物、人、景上落墨。描寫的，並不就是要表現的。寄託詩貴在字字是此，字字非此；描寫咫尺，表現千里。既形似，更神似。「言在耳目之內，情寄八荒之表」。

三、佈局謀篇。

對詩來說，即使是敘事詩，佈局謀篇的主旨不像散文作品那樣，主要在情節安排，而在感情層次的安排。佈局謀篇是無限多樣的，但也有一般規律。這就是結構一定要有利於感情的抒發，有利於以情動人。詩的精練，只說字句的精練是遠遠不夠的。「煉字不如煉句，煉句不如煉意」。詩的精練主要在於佈局謀篇方面的構思的精練。

可以說，剪裁的要旨是刪節。從豐富的感情原型中昇華精美的詩情，「人所易言，我寡言之」；從紛繁的形象中提煉單純的詩歌形象「寓萬於一」，以少總多；讓感情的焦點、形象的鏡頭集中更集中，這是構思的目標之一。「為說心中無盡事，隨意下筆走千里」，這是構思一忌。

詩尾的重要，主要是由於詩十分重視含蓄的緣故。詩忌諱說得太滿。含蓄是一切風格的好詩共同具有的詩美。雄渾失去含蓄，就流於淺露；沖淡失去含蓄，就流於平庸；綺麗失去含蓄，就流於鄙俗。詩的含蓄與詩尾大有關係。詩尾，是詩的佈局謀篇的主要一環。它既是詩篇的結尾，又是讀者想像的起始。尾外有詩，詩歌自然就耐人咀嚼。

好的詩題，如同詩的眼睛，是全詩傳神之處；又如同詩的境界大門上掛鎖的鑰匙，是讀者得以進入境界的必需品；又是詩歌語言的濃縮劑，使詩歌節省許多文字。

四、語言錘煉。

詩是最高語言藝術，對語言的推敲，是構思的重要因素。詩的語言要有音樂美，排列美，精練美。只有這樣的語言才能「狀難寫之景，如在目前；含不盡之意，見於言外」。

——呂進，《呂進文存‧第一卷》，重慶：西南師範大學出版社，二〇〇九年，頁一七一～一八〇

# 詩的想像

沒有想像的詩，是難以想像的。

——呂進，《呂進文存・第一卷》，重慶：西南師範大學出版社，二〇〇九年，頁四〇〇

景物形象有「實」——它源於生活形象；有「虛」——它「超脫」於生活形象。沒有這一「超脫」，就沒有詩；沒有想像，就沒有「超脫」。

想像塑造出的景物形象往往似乎是違背生活邏輯的，其實正是現實生活合乎詩人感情邏輯的發展。與生活形象相比，它似是而非，又似非而是；它既異常，又尋常；它既不像，又更像；它既不真，又更真。

詩中大膽的想像，正是現實生活本質的誇張。它昇華了現實，使詩從現實中合理地超脫出來。

——呂進，《呂進文存・第一卷》，重慶：西南師範大學出版社，二〇〇九年，頁七八～七九

想像力是劃分詩人才華高下的可靠標誌。英語的「詩人」（poet），俄語的「詩人」（поэт），都同時有「富於高度想像力的創造家」的辭彙意義。這是耐人尋味的語言現象。

沒有想像，就沒有構思；沒有想像的詩是難以想像的。一首詩構思的高、妙、遠、近，其實都是就想像

的程度和範圍而言。

——呂進，《呂進文存・第一卷》，重慶：西南師範大學出版社，二〇〇九年，頁一六七

想像越是擺脫邏輯思維的束縛，越是飛得高，構思就越出神入化。但是，想像的風箏飛得再高，它仍要通過一條線與生活大地保持聯繫。構思不能離開生活。

想像，是生活形象的拆卸、省略、組裝、著包。想像力是生活形象的回憶力與組合力。

——呂進，《呂進文存・第一卷》，重慶：西南師範大學出版社，二〇〇九年，頁一六九

正因為想像源於生活，所以，時代不同，想像有異。同樣的楓葉，在送別張生的鶯鶯眼中，是「朝來誰染霜林醉，總是離人淚」；在陳毅筆下，卻是「霜重色愈濃」。在詩的構思中總是有時代音符響徹其間的。

——呂進，《呂進文存・第一卷》，重慶：西南師範大學出版社，二〇〇九年，頁一七〇

生活有詩，但生活並不就是詩。沒有想像，詩只能匍匐於生活的大地上，而不能超脫出來，升騰起來。在強烈感情推動下，詩人豐富的生活印象按照他的美學理想借助想像重新編織起來。想像對生活進行拆卸、省略、組裝、著色，使生活純淨化，從生活的散文變成生活的詩。

想像是生活本質的誇張，它揭開生活的帷幕，使一切在讀者面前似是而非；想像塑造出詩歌形象，這些形象在讀者面前似非而是——它們似乎違背生活邏輯，其實正是現實生活合乎邏輯的發展。

——呂進，《呂進文存・第一卷》，重慶：西南師範大學出版社，二〇〇九年，頁三二八

詩的想像就是詩人的思維方式。人類認識和掌握世界的方式很多，但歸納起來，最基本的不外乎理論的和藝術的兩種方式。理論思維的方式是科學概括，它是一個抽象化過程；藝術思維的方式是藝術概括，它是一個具象化過程。詩的想像就是一種藝術思維。

詩沒想像，就沒有構思，沒有詩。沒有想像力的詩人如同沒有推理能力的科學家一樣，是不會開拓出自己的廣闊天地的。想像對於詩為什麼會這樣重要呢？這大概因為：

一、作為歌唱生活的最高語言藝術的詩，最不具實體性。詩的主要旨趣不在描述生活，不在通過具體的空中活動的個性的典型化去揭示生活，詩的主要旨趣在歌唱，在抒寫心靈的感應，在「綜物為象，述事宣情」。因此，對詩來說，詩歌形象與現實形象在外在上接近到什麼程度並不重要，只有當詩歌形象相應地表現了詩人對現實的主觀感受時，才能取得詩的價值。

二、作為歌唱生活的最高語言藝術的詩，有著強烈的主體性。詩既是創作主體對創作客體——自然和社會客觀現實的審美反映，又是創作主體的自我反映。如果說詩是生活的鏡子的話，那麼它不是商店裏賣的規範化、標準化的無生命的鏡子，它是有生命的有個性的有感情的鏡子，它不會平直、機械地反映生活。

真正的詩都是美的發現與創造。同理論思維的成果表現為共同的公式與概念相反，詩的想像是反公式、反概念的。詩的想像與每一位詩人的生活經歷、人格氣質、習尚愛好、心理類型甚至寫詩的具體心境相通。什麼樣的詩人產生什麼樣的想像。同樣的外在機緣在不同詩人那裏會激起不同（有時是截然相反）的想像。

——呂進，《呂進文存・第二卷》，重慶：西南師範大學出版社，二〇〇九年，頁一四五～一四七

大體說來，詩的想像有兩個基本類型。

現實想像。它按照生活本來的形式對生活進行分解和重新組合。這是一種單純想像，可以說，它是詩人展開的或複合的記憶。

超現實想像。它對生活進行超現實方式的分解與重新組合。這是一種組合想像，可以說，它是詩人正在衰滅的記憶，是「心靈的揑造」，詩人運用這種想像去創造無窮無盡的自然界沒有的形形色色。

——呂進，《呂進文存・第二卷》，重慶：西南師範大學出版社，二〇〇九年，頁一四八～一四九

對詩而言，想像就是深度：詩人深入對象的深度，詩人深入自己的深度。詩人憑藉文明去尋覓「原始」，詩人通過「原始」來表現文明。

——呂進，《呂進文存・第二卷》，重慶：西南師範大學出版社，二〇〇九年，頁一四九

想像，就是以原有表像或經驗為基礎創造新形象的心理過程；想像力就是這種心理能力。詩的想像無非就是對原有表像的分解和對新表像的綜合。單純想像（現實想像）按照生活本身的形式對同類的現實事物表像進行分解與綜合，組合想像（超現實想像）在不同類的事物表像間進行分解和綜合。任何想像，都以對原有表像的分解越細緻越好，都以對新表像的綜合越和諧越好。善於細緻地拆卸，善於和諧地組裝，這就是詩人的想像力。

——呂進，《呂進文存・第二卷》，重慶：西南師範大學出版社，二〇〇九年，頁三一五

# 詩的修辭

詩中的比喻應當具有三個特色。

一、切。本體與喻體總是不同類的。兩者完全相同，就無須作比。本體與喻體又必須異中有同，沒有相同點，就無法作比。所謂比喻要切，就是本體與喻體之間的相同點要找得準確。

二、奇。比喻要奇，詩人就要有這樣的慧眼：善於在似乎冰炭不投的事物中找出相同點。由此及彼，讓此物的某個特徵在彼物中得到表現。找出相同點的事物間越冰炭不投，比喻就越出人意料。

三、新。生活、詩歌都在發展，比喻也要出新。任何一個比喻，都是詩人對生活的新發現，對詩藝的新創造。

——呂進，《呂進文存・第一卷》，重慶：西南師範大學出版社，二〇〇九年，頁一九三～一九六

對比喻來講，本體與喻體是相似關係；對借代來講，本體與借體是相關關係；對反襯來講，主體（主要吟詠對象）與賓體（與主要吟詠對象相反的事物）就是相反關係。從詩歌現象看，以哀寫樂，以樂寫哀；以靜寫動，以動寫靜；以幽寫鬧，以鬧寫幽；以醜寫美，以美寫醜；以貧寫富，以富寫貧，這些反襯手法在新詩中都比較常見。

——呂進，《呂進文存・第一卷》，重慶：西南師範大學出版社，二〇〇九年，頁二〇三

反襯的美學本質在於對立統一，主要吟詠對象和與之對立的事物一經成功地統一在詩筆之下，主要吟詠對象便更加突出，更加被強調，更加增強了「立體感」。兩相對照，貧富、大小、美醜一目了然，詩人的「情之深淺宏隘見矣」。

——呂進，《呂進文存・第一卷》，重慶：西南師範大學出版社，二〇〇九年，頁二〇四

反襯是一種藝術辯證法。對它的把握，離不開詩人用辯證法的眼光去形象地觀察生活。詩人要善於在各種相互聯繫的事物中看出對立，在各種相互對立的事物中找出聯繫。

——呂進，《呂進文存・第一卷》，重慶：西南師範大學出版社，二〇〇九年，頁二〇四

象徵，是通過或一特定的詩歌形象以表現與之相近或相似的事物或思想感情的修辭方式。它由實生虛，化虛為實，隱顯交織。表面上描寫的具體事物是「虛」，是顯；通過這個事物，詩篇要暗示的另一種事物或另一種思想感情，才是「實」，是隱，是詩篇真正的落腳處。

——呂進，《呂進文存・第一卷》，重慶：西南師範大學出版社，二〇〇九年，頁二〇六

象徵的修辭手法總是在詩篇中創造兩個各自完整而又相互和諧的境界。詩篇描寫的物質境界掩蓋著、暗示著、朝向著另一個深邃的精神境界。讀者一旦突破外在境界而進入隱蔽境界，就會獲得某種詩趣。

——呂進，《呂進文存・第一卷》，重慶：西南師範大學出版社，二〇〇九年，頁二〇六

詩人要善於尋找外界事物與自己的情思的感應與契合，尋找能夠最充分最完美地暗示自己的心靈世界的有形有色的事物：自然界的或生物界的。在大千世界中覓到詩情的「對應物」，這是運用象徵手法的起點。

——呂進，《呂進文存・第一卷》，重慶：西南師範大學出版社，二〇〇九年，頁二〇六

「物因情變。」象徵體總是具體事物的變形。沒有經過感情和想像的變形，具體事物就還沒有取得入詩的資格。不過，不同創作方法的詩筆下，這個「變形」的程度並不一致。現實主義詩人常常「如鏡取形」，以形寓神；浪漫主義詩人常常「如燈取影」，以神寓形，現代主義詩人的主要注意力是在自己對客觀世界的主觀關係，象徵體的「變形」程度更大。

——呂進，《呂進文存・第一卷》，重慶：西南師範大學出版社，二〇〇九年，頁二〇六

象徵體不能太實太粘，但它的「變形」的最大程度也有極限，不能太虛太浮。詩重視生活形象，它塑造形象的時候總是與生活原型的形象特徵有不同程度的關係。

——呂進，《呂進文存・第一卷》，重慶：西南師範大學出版社，二〇〇九年，頁二〇七

在邏輯思維領域，五官各有所司，絕不相互交錯。它們的功能分工越明確越好。在形象思維領域，情況剛好相反，五官的功能常常出現相互溝通，相互交錯，甚至相互取代的獨特現象。當靈感襲來，詩人「視通萬里，思接千載」，這時候，視覺、聽覺、味覺、嗅覺和觸覺之間的聯繫特別緊密與靈敏。於是，在詩人神

游的世界裏：聲音有了形狀，花朵有了聲音，泉水飄著香味，香味閃著色彩。

——呂進，《呂進文存・第一卷》，重慶：西南師範大學出版社，二〇〇九年，頁二〇九

對於新詩，通感手法有重要的美學價值。概括起來，至少有三個方面。

一、增強新詩表達詩人主觀的感情世界的藝術能力。

通感手法是客觀世界在詩人的主觀世界中複雜感應的產物，它長於表達詩人的直覺、錯覺、幻覺和其他種種微妙的難以言傳的感覺。

二、豐富讀者從新詩獲得的美感。

對於同一審美客體，人的感官的變化也會產生美感。新詩的通感手法，正是讓幾種官能變化交錯，因此，就帶給讀者更豐富的，可以說，夢幻般的美感。

三、開闢新詩語言創新的又一途徑。

新詩是語言藝術，語言創新在新詩創新中佔有重要位置。

新詩語言的創新並不是脫離內容單純追求字面上的新奇花哨可以實現的。一方面，時代把千百萬人的新語言扔到生活裏來了，新詩要給新語言以生存權。三〇年代的時候，有的新詩人反對「飛機」一詞入詩，主張以「鐵鳥」代之，就是反面的貽笑大方的事例。另一方面，新詩語言的創新在於煉句，如老舍所說：「語言的創造，是用普通的文字巧妙地安排起來的。」在這一方面，通感起到了擴大「巧妙地安排」「文字」的路子的作用。

——呂進，《呂進文存・第一卷》，重慶：西南師範大學出版社，二〇〇九年，頁二一〇～二一五

通感就是這樣開闢著語言創新的途徑，使許多「不可能」變為可能。為許多新鮮的詩句在詩中爭得了位置。《說詩晬語》說：「過熟則滑。唯生熟相濟，於生中求熟，熟處帶生，方不落尋常蹊徑。」就語言來講，通感的神奇作用正在於它化「熟」為「生」。

——呂進，《呂進文存・第一卷》，重慶：西南師範大學出版社，二〇〇九年，頁二一五

運用類比的修辭方式，要有兩個基本點。

一、逼真。

所模擬的聲、色、形要逼真。逼真不是劃一。同樣的事物在不同時間、不同地點、不同條件下，它的聲、色、形並不是一成不變的。因此，心細如發地觀察生活，捕捉形象，把握各種事物的基本特徵及其變化，是逼真模擬的基礎。

二、達情。

詩是有情物。詩是變形師。逼真，是本質的真。詩不是工筆劃。類比的最終目的是達情——表達詩人之情。任何類型的模擬都是詩人感情的凝固化：移情入物，由情摹物，物中含情，由物露情。拘於類比對象的細節，沒有成功的模擬。詩人善於以主觀感染客觀、統一客觀，才有成功的模擬。

——呂進，《呂進文存・第一卷》，重慶：西南師範大學出版社，二〇〇九年，頁二一九～二二〇

重疊這種修辭方式，誇張地說，是一種看似伸手可得實則難以為工的藝術，是一種有用而又危險的藝術。它既可助人，也可害人；既可為詩增輝，又可令人生厭，使詩篇猥瑣囉嗦，甚至毀掉一首詩。這一切，取決於對它的運用是否恰當。真實、飽滿的詩情是運用重疊的前提。重疊並不是無病呻吟，它只是詩人不可遏止的感情浪濤在詩中自然形成的漩渦而已！

——呂進，《呂進文存・第一卷》，重慶：西南師範大學出版社，二〇〇九年，頁二二四～二二五

# 詩的尋思

尋思是詩人自覺地審視體驗性靈感的過程，是詩人自覺地保持和發展自己藝術個性的過程。它總是在對靈感與表現、詩人創作的原有高度與新高度的一連串矛盾的解決中獲得進展與成功。

——呂進，《呂進文存・第二卷》，重慶：西南師範大學出版社，二〇〇九年，頁三八二

尋思，是抒情詩生成的第二個階段，它是詩人自覺地審視體驗性靈感的過程，是詩人自覺地保持和發展自己藝術個性的過程。

——呂進，《呂進文存・第二卷》，重慶：西南師範大學出版社，二〇〇九年，頁三八〇

詩的尋思有兩種類型：立象與建構。「象」既包括意境，又包括意象。從新詩的創作現象觀察，主要是意象。建構指的是建造抒情詩的本體結構。就實質而言，建構就是建造意象與意象之間的聯結方式。

——呂進，《呂進文存・第二卷》，重慶：西南師範大學出版社，二〇〇九年，頁三八〇

和散文的情節結構相較，詩的本體結構的美學本質是體驗結構──它遵循體驗邏輯，皈依體驗規範。一般的詩都具有意象。體驗結構就是意象與意象之間的聯結方式。也有一些以心觀心的直抒胸臆的詩（不是全部，甚至可以退一步說，直抒胸臆者本人就是一種隱形意象──詩人本人不經過藝術化處理就不能稱得上是詩人），體驗結構就是詩人審美體驗的起伏形態與層次遞進。

──呂進，《呂進文存・第二卷》，重慶：西南師範大學出版社，二〇〇九年，頁三八八

優秀詩篇的建構從來是嶄新的。建構是一種發現，一種創造。像袁枚《續詩品》說：「能剛能柔，忽斂忽縱。」尤其是在常見詩題（例如愛與死亡這類高爾基稱作「永恆的」詩題）上，詩人要脫窠臼，闢蹊徑，做到平凡中見新，平常中出奇，平淡中藏巧，人所難言，我易言之。

──呂進，《呂進文存・第二卷》，重慶：西南師範大學出版社，二〇〇九年，頁三八八

從詩的生成過程來看，立象和建構又常常是兩個階段。但是，二者又是融合的：立象中有建構的尋求，建構中有立象的醞釀，切不可對詩的生成過程作僵硬的肢解。

──呂進，《呂進文存・第二卷》，重慶：西南師範大學出版社，二〇〇九年，頁三八〇

# 詩的尋言

新詩常常迴避不定數，因為它常常迴避抽象東西。不定數太泛、太抽象。如果把上述詩行改為「漳河水，無數道灣」，「就像是許多把刀子紮在她的心上」，「將殘壁保存很多很多年」，就顯得不夠形象，不夠具體。當然，借來代替不定數的定數，「定」只是其表，「不定」才是它的實質，它並不給人以數字的印象。這是代「不定」之「定」，似「定」之「不定」。

——呂進，《呂進文存·第一卷》，重慶：西南師範大學出版社，二〇〇九年，頁二〇一

尋言，是抒情詩生成的第三個階段。尋言的實質就是詩的修辭。

——呂進，《呂進文存·第二卷》，重慶：西南師範大學出版社，二〇〇九年，頁三九七

詩人不能像禪家那樣在「悟」上駐足，他在「忘言」之後還得尋言。詩人與常人的主要區別正在於修辭能力。

——呂進，《呂進文存·第二卷》，重慶：西南師範大學出版社，二〇〇九年，頁三九七

具體而言，詩人的尋言有兩個使命。

第一是「造」，即創造修辭方式。

體驗決定修辭，體驗制約修辭，體驗豐富修辭，同時，體驗也「破壞」修辭：修辭總是不斷受到新的體驗的挑戰與沖刷。對於修辭方式，變化意味著生存，僵化意味著滅亡。

詩人要擺脫消極修辭，即按照散文文法原則的修辭。消極修辭在內涵上的目標是明確與準確，在外觀上的目標是通順與流暢。它屬於敘事的境界。詩人要遵從的是積極修辭，即超越散文文法原則的修辭。積極修辭屬於體驗的境界。因此，詩的修辭要求詩人匠心獨運的創造。或者，「造」是詩的修辭的生命。無「造」即無詩。

詩人的「造」，首先當然是對前人或同時代人而言。「人所易言，我寡言之」，趕浪頭和追時髦者不是真正的詩人。模仿他人只能在這樣的意義上才有價值，即模仿那些成功的前人或同時代人的創造精神。如果一位詩人運用新的修辭方式寫出了好詩，眾多詩人就一哄而上，「千人一面」，這就從根本上離開了詩的修辭。

詩人的「造」，也是對自己而言。

第二是「達」，即傳達詩美體驗。

創造修辭方式的目的不是賣弄聰明，炫耀才學。相反，「才勝於情」是寫詩的一大弊端。創造修辭方式的目的也不是「玩玩」文字遊戲以自娛、自賞。

一方面，語言方式要求變，另一方面，和詩美體驗相比，語言又構成相對而言的穩定體系。或者說，和活躍的不重複的詩情相比，詩歌修辭相對的要持重一些，老成一些。

「造」，只有在「達」中才能顯示意義與價值。如果詩人在尋言方面的獨創只有純粹語言的性質，那麼這種獨創也就沒有意義和價值。詩不純粹是語言，也不純粹是體驗。它是化為語言的體驗，或化為體驗的語言。語言脫離了體驗，就等於消滅了體驗；體驗離開了語言，就等於消滅了語言。只有在「達」中，讀者才可能欣賞詩人的「造」，只有體驗具有語言於自身，語言才可能成為一種外在於體驗的東西，從而成為詩歌讀者的主要鑑賞對象。

——呂進，《呂進文存・第二卷》，重慶：西南師範大學出版社，二〇〇九年，頁三九八～三九九

尋言是獲得靈感和尋思後的自然延伸。靈感與構思通過尋言才最後納入詩的規範，獲得詩的外形。

——呂進，《呂進文存・第二卷》，重慶：西南師範大學出版社，二〇〇九年，頁三九九

獲得靈感——尋思——尋言，一首詩就誕生了。詩人「磨墨如病夫，執筆如壯士」，好不快哉！

——呂進，《呂進文存・第二卷》，重慶：西南師範大學出版社，二〇〇九年，頁三九九

# 詩的創新

構思的創新，包括感情新，角度新，佈局新，語言新。尤其是在常見詩題上，要脫窠臼，闢蹊徑，做到平凡中見新，平常中見奇，平淡中見巧。構思創新的具體途徑，在新詩創作中最為常見的有下列幾種。

一、反筆。

一反「常規」。在構思的時候，做到與流行寫法相反。人南我北，人西我東，大路朝天，各走一邊。運用反筆來吟詠常見詩題，異途而同歸，給人新穎之感。

二、側筆。

正面落墨，易落窠臼。一個詩題，「遠近高低各不同」。在構思上，如果避正就側，就會出現無比寬闊、無法窮盡的天地。

所謂側筆，就是考慮從脫開吟詠的事物本身，而潑墨於與它相關的事物，或者它引起的反響、給人的印象，等等。

三、意外筆。

詩的結尾異軍突起，一反前部分詩篇。「如兵家之陣，方以為正，又復是奇；方以為奇，忽復是正。出入變化，不可紀極。」或先揚後抑，或先虛後實，或先憂後樂，等等。實際上，結尾的意外筆才是詩人真正所想表達的。這種構思，也可以說是不完全的反筆。

四、交錯筆。

寫此，又不完全落墨於此。既寫此，又寫彼，讓此與彼在和諧中增濃詩意；或者相反，讓此與彼在矛盾中增濃詩意。這種構思，很像紡織，讓經線和緯線織出一塊塊詩的錦綢。

寫彼，是為了寫此。所以，如果說意外筆是半個反筆，那麼，交錯筆就是半個側筆：既正又側，由正生側，以側寫正。

五、對話體。

運用個性化的對話來構成想像形象，抒發詩人的感情，這樣的構思在古典詩歌和民歌中較為常見。

——呂進，《呂進文存・第一卷》，重慶：西南師範大學出版社，二〇〇九年，頁一八一～一八七

詩的構思總是隨著生活的前進，藝術的發展，詩人的成熟而日新又新的。要刷新詩的構思，詩人要有藝術勇氣。謝榛的《四溟詩話》主張「賦詩要有英雄氣象；人不敢道，我則道之；人不肯為，我則為之」，葉燮的《原詩》提倡「成事在膽，文章千古事，苟無膽，何以能千古乎」，這些古論是值得注意的。

——呂進，《呂進文存・第一卷》，重慶：西南師範大學出版社，二〇〇九年，頁一八八～一八九

# 意象技巧

意象技巧在新詩中是活躍的。一方面，它是古典詩歌意象藝術的繼承；一方面，它又是對外國詩歌的借鑑；更主要的，它是新詩人的創造。

——呂進，《呂進文存・第二卷》，重慶：西南師範大學出版社，二〇〇九年，頁三四

「意象疊加」是指描述性意象和虛擬性意象交錯統一的意象技巧。許多詩篇都是這樣寫成的。

——呂進，《呂進文存・第二卷》，重慶：西南師範大學出版社，二〇〇九年，頁三七

《老子》講：「有無相生，難易相成，長短相形，高下相傾，音聲相和，前後相隨。」我們可以把這一段文字當做論藝術辯證法的話來讀，也可當做論「意象疊加」的話來講。真幻交錯，如醒如夢，在表現月光之美上是十分適宜的。意象疊加是基本的意象技巧。

——呂進，《呂進文存・第二卷》，重慶：西南師範大學出版社，二〇〇九年，頁三九

意象是詩人深入對象和深入自己的形象思維的產兒。意象就是深度。它既有形象性，又有概括性；既有生動的形態，又有智性的內容，體現著詩人的人格，體現著詩人對現實的理解、把握和評價。從詩人的意中象去體驗其間的象中意，是欣賞者的使命。

——呂進，《呂進文存・第二卷》，重慶：西南師範大學出版社，二〇〇九年，頁四〇

# 彈性技巧

使同一詩歌形象、同一詩行或詞語並含幾種能夠複合的內涵的語言技巧，即彈性技巧，是寫詩的基本技巧。《隨園詩話》說：「詩含雙層意，不求其佳必自佳。」朱光潛也寫道：「就文學說，詩詞比散文的彈性更大。」他還說：「美在有彈性」，「有彈性所以不呆板」，「有彈性所以不陳腐」。聞一多發表過類似的意見：「詩這東西的長處就在它有無限度的彈性，變得出無窮的花樣，裝得進無限的內容。」德國美學家黑格爾、俄國文學理論家別林斯基都論及過詩的彈性技巧。古今中外的這些言論，說明彈性技巧是被長期、普遍看重的寫詩技巧。

——呂進，《呂進文存‧第二卷》，重慶：西南師範大學出版社，二〇〇九年，頁一二七

簡單講來，彈性技巧致力於事物之間、情感之間、物我之間在語言上的聯繫與重疊，致力於語言的「亦一亦萬」、「似此似彼」的「模糊」美。這種詩篇的爐錘之妙，全在「模糊」。

最常見的有四種。

一、這一形象與那一形象的聯繫與重疊。落墨於詩箋上的是一個完整的詩歌形象。借助彈性語言作橋樑，它又暗示著、朝向著另一個深邃的世界，那裏，有另一個或紛呈迭出一群形象在等候。

二、具體與抽象的聯繫與重疊。詩的使命在於使心理結構模型化，在於使情感成為可見的東西。但是，許多情感活動和情緒狀態難以為語言所表達。而這些「不可言之理，不可述之事」、這些「只可意會，難以言傳」的內心生活又恰恰是詩所傾心的處所。於是，詩人求助於形象。形象是活生生的個性，它雖然在表達的明確性上也許遜色於語言，卻能給讀者以某種非語言所能傳達的領悟。

三、不同語法現象的聯繫與重疊。彈性技巧正是給詩歌語言以較多自由的技巧。漢語語法不十分嚴密，這正為彈性技巧提供了用武之地。詩人們在詞類跳躍、詞序反常、造句奇特等等上付出了巨大勞動，為讀者提供了彈性技巧的大量範例。

四、這個詞語與那個語詞在語音上的聯繫與重疊。

——呂進，《呂進文存・第二卷》，重慶：西南師範大學出版社，二〇〇九年，頁一二八～一三三

# 通感技巧

「詩善醉」。這「醉」意的表現之一就是通感。太「清醒」的人是難以進入詩的世界的。

——呂進，《呂進文存・第二卷》，重慶：西南師範大學出版社，二〇〇九年，頁一五〇

詩人的「善醉」常常與他的通感能力有關。他有可以感受到顏色的聽覺，有可以感受到聲音的視覺。他是最清醒的「醉酒者」，他是神經最健全的五官不分的「神經病人」。

——呂進，《呂進文存・第二卷》，重慶：西南師範大學出版社，二〇〇九年，頁一五〇

在現實世界裏，感官一般都是各司其職的。在詩的世界裏，感官的界線極大地打破了。各種感覺的有無相通、彼此相生、此叩彼應，這就是通感。

——呂進，《呂進文存・第二卷》，重慶：西南師範大學出版社，二〇〇九年，頁一五〇

詩的通感正是來源於現實世界的通感，但是它加進了詩人的提煉與強化。和現實世界的通感相比，詩的通感更細緻，更靈動，更豐富。詩人運用通感來擴展詩對世界的藝術把握，強化自己的感情。

——呂進，《呂進文存．第二卷》，重慶：西南師範大學出版社，二〇〇九年，頁一五一

我們常見的有兩種類型的通感。

一種是主觀性通感。由一種感官感覺溝通另一種感官感覺的媒介，是詩人的主觀感情態度。另一種是客觀性通感。由一種感官感覺溝通另一種感官感覺的媒介，是兩種感覺對象的某種相似或相連。

——呂進，《呂進文存．第二卷》，重慶：西南師範大學出版社，二〇〇九年，頁一五二～一五三

通感的美學本質在於感官感覺的溝通、交錯與應和。當靈感襲來，詩人「視通萬里，思接千載」，各種感官的感覺的界線退到一旁，於是在詩人神游的世界裏，花朵有了聲音，聲音有了形狀，泉水飄著香味，香味閃著色彩。「天河夜轉漂回星，銀浦流雲學水聲。」（李賀）「雨過樹關雲氣濕，風來花底鳥聲香。」（賈唯孝）但是，只有一種感官的感覺就不是通感了。不少論者都說白居易的《琵琶行》使用了通感。其實，《琵琶行》寫「琵琶聲」，是從聲音到聲音，從聽覺到聽覺，並沒有出現各種感官感覺的溝通，因此並沒有使用通感。

——呂進，《呂進文存．第二卷》，重慶：西南師範大學出版社，二〇〇九年，頁一五三～一五四

通感是一種有重要美學價值的技巧。它可以增強詩歌表達詩人主觀的感情世界的能力，也可以提高詩歌把握客觀的現實世界的能力，還可以開闢詩歌語言創新的途徑。但是，並不是一切詩章都用得著通感技巧的。

——呂進，《呂進文存・第二卷》，重慶：西南師範大學出版社，二〇〇九年，頁一五四

如果通感技巧游離於詩歌的情感內容之外，自己成為自己的目的，它就會反而破壞詩美，導致敗筆的出現，這一點應當引起我們的足夠重視。

——呂進，《呂進文存・第二卷》，重慶：西南師範大學出版社，二〇〇九年，頁一五四

# 不即不離

詠物詩的基本美學特徵是：不即不離。

即，就是「似」。詩人把所詠之物的基本特徵，至少是觸發詩人靈感的那個特徵，在盡可能顯明的方式中表現出來。但是，詩人在抓住他需要的特徵以後，又應當「目不斜視」，遺其所不視，對所詠之物的其他特徵有所刪節。

離，就是「非」「似」。對象的「語言」在相當大的程度上決定著詩歌所詠之物的美學色彩。但是，物是不能自己描寫自己的。在所詠之物中發現美，是詠物詩的靈魂。詠物詩雖然在物上落筆，其實只是以物為媒介，抒發詩人的思想感情。所以，它絕不滿足於簡單地模仿客觀事物而求「似」。詩歌形象來自現實，但更是詩人創造的審美現實。

不即不離就是又即又離，似A還似非A。

——呂進，《呂進文存・第二卷》，重慶：西南師範大學出版社，二〇〇九年，頁五七～五八

「即」與「離」不是一半對一半，也不是混合。它們之間，「即」是基礎，只「離」不「即」，或者離開「即」的「離」，就會輕薄浮滑，捕風捉影。它們之間，「離」是想像，只「即」不「離」，或者離開

「離」的「即」，就會平庸硬板，粘皮帶骨，變成了靜物寫生。「即」與「離」的和諧，其方式是多樣的。在新詩中有兩種類型常見。

一種是「即」中「離」。詩人對所詠之物的外觀比較感興趣。他的作品的旨歸之一，就是要用詩筆描繪出所詠之物的風韻。這時候，詩篇在「即」上就付出更多工力。

另一種是「離」中「即」。「即」，是抒情基礎。但是詩人對所詠之物的外觀興趣不濃。他熱心於從所詠之物觸發他的詩思的那個或那些特徵出發，去展開想像。因此，他在物上直接用墨不多，只是蜻蜓點水。

——呂進，《呂進文存・第二卷》，重慶：西南師範大學出版社，二〇〇九年，頁五九～六〇

# 無理而妙

無理而妙，也是新詩相當普遍的現象。

所謂「無理」，就是違反習以為常的生活邏輯和思維邏輯，就是通常情況下的反常；所謂「妙」，就是在違反習以為常的生活邏輯和思維邏輯中更強烈地表現出來的詩味，就是特定情況下的正常所產生出來的美。

——呂進，《呂進文存・第二卷》，重慶：西南師範大學出版社，二〇〇九年，頁四一

新詩作品的「無理而妙」是廣闊的天地，優秀詩人各自顯示神通。現在介紹幾種。

一、情出常態。

二、思出常格。

三、形出常規。

所謂形出常規，就是現實事物和現實現象在外形上的反常。這往往和人的錯覺、幻覺有關——時間、空間、運動的錯覺、幻覺等。

——呂進，《呂進文存・第二卷》，重慶：西南師範大學出版社，二〇〇九年，頁四一～四四

離開「無理」，詩就常常不「妙」。

離開「妙」，詩的「無理」就沒有詩學價值。「無理而妙」的生命在「妙」。離開生命，詩就沒有活氣了！

——呂進，《呂進文存・第二卷》，重慶：西南師範大學出版社，二〇〇九年，頁四五

古人所謂「無理而妙」，「無理」就是對習見邏輯的排除。從另一方面講，「無理」就是一種特殊邏輯：反常邏輯，抒情邏輯。詩割斷與理性邏輯的聯繫是由視點決定的。

——呂進，《呂進文存・第二卷》，重慶：西南師範大學出版社，二〇〇九年，頁一六〇

主觀性必然帶來非邏輯性。文醒詩醉。散文敘述世界。它在具象化過程中注重習以為常的生活邏輯和思維邏輯。詩本質上是非邏輯的。古人所謂「無理而妙」，「無理」就是對習見邏輯的排除，「妙」就是「無理」顯示的更強烈的情感、更深入的體驗、更徹底的主觀化釀造，一句話就是更醇的詩美。

——呂進，《呂進文存・第二卷》，重慶：西南師範大學出版社，二〇〇九年，頁三一四～三一五

# 詩出側面

詩歌技法中有「側面用墨」。不落墨於吟詠之物，而著筆於它給人的印象或反響，或著筆於與之相關、相似、相反的事物，就是這種技法的精髓。

詩出側面包括了「側面用墨」，但內涵與外延大得多，它不只是技法問題，而是詩的一個基本特徵。

——呂進，《呂進文存・第二卷》，重慶：西南師範大學出版社，二〇〇九年，頁六二

精細、周到的靜態描寫，恰恰是詩的窘困。無論多麼高強的詩筆在這個領域都難以與畫筆爭高下，詩箋在這個領域裏總是難以與顏料盤決雌雄的。

克服局限性的基本手段之一就是「詩出側面」。一方面，詩通常是詩人感情的直寫；另一方面，這一「直寫」又由「側面」而出，成為擺脫「直寫」局限的直寫，獲得詩歌特殊的美。

——呂進，《呂進文存・第二卷》，重慶：西南師範大學出版社，二〇〇九年，頁六三

詩總是讓比較抽象概括的「情」具象化，把抽象化為具體，把概括化為可感，把本質化為存在。

——呂進，《呂進文存・第二卷》，重慶：西南師範大學出版社，二〇〇九年，頁六三

詩有時抒發的感情，如別林斯基所說「很難用意識界的明確語言表達出來」。在這種情況下，除了鍾煉「詩家語」以外，詩往往以「不說出」來克服「說不出」的局促。

——呂進，《呂進文存・第二卷》，重慶：西南師範大學出版社，二〇〇九年，頁六六

詩不長於描繪，但是情與景、意與象又常常不能分開。換句話說，詩有時擺脫不開造型藝術的挑戰。面臨這樣的難題，詩總是揚己之工，藏己之拙，堅決地避「正」就「側」。

——呂進，《呂進文存・第二卷》，重慶：西南師範大學出版社，二〇〇九年，頁六七～六八

有時候，詩只寫主觀印象或客觀反響，用這種「印象」和「反響」來側面潑墨，讓描繪的「景」、「象」獲得一種不很明確的外形，因而獲得一種十分豐富的外形——詩的外形。

——呂進，《呂進文存・第二卷》，重慶：西南師範大學出版社，二〇〇九年，頁六八

詩美體驗不可言，於是或言它的因，或言它的果，以期導引讀者領悟這內視體驗。換句話說，詩人寫象言意，他的詩筆下的象與意其實只具有暗示性、指示性的意義，象外、意外才真正是詩之所在，所謂「象外精神言外意」。再進一步說，詩在詩外。詩內無詩。詩人的詩美體驗外化為符號，而這符號有待讀者對它產生詩化反應，這才有詩的出現。這樣，詩人的詩美體驗和筆下的詩句（意象、意念）總是出現不對稱性。換而言之，如同文出正面，詩總是出側面——這「出側面」實在是詩由於自己沒有藝術媒介不得已而為之的。

因此，詩人在寫作中總是這樣：他表現什麼，並不就寫什麼；詩人寫什麼，並不就是在表現什麼。這就是所謂的意指錯位。錯位，可以將抽象的心靈體驗具象化，而具象化就給了詩減小可述性、增大可感性的機會，也給了詩擺脫文體局限的機會，同時也給詩帶來彈性。意象又是實體性存在，又是審美性存在；又是外視點的對象，又是內視點的導遊；詩就富有彈性的飽滿。

——呂進，《呂進文存‧第二卷》，重慶：西南師範大學出版社，二〇〇九年，頁三五〇

# 「不盡意」與「達意」

在對於物質媒介感覺終止的地方，詩才真正開始。詩是心靈的藝術，它擺脫一切物質媒介的束縛，獲得深遠的情思空間。由於心靈化程度很高，所以詩是雲中之光，水中之味，花中之香，女中之態，唯能會心，難以言傳。詩是一種無言的沈默。沈德潛《說詩晬語》說：「情到深處，每說不出」；陶淵明《飲酒之五》說：「此中有真意，欲辨已忘言」；劉禹錫《視刀環歌》說：「常恨言語淺，不如人意深」；《周易》說：「言不盡意」，都是切中要害之論。

——呂進，《呂進文存・第四卷》，重慶：西南師範大學出版社，二〇〇九年，頁一五七

詩不能言，但它又是文學，它必須言，所謂「始於意格，成於句字」。言無言，就是詩歌藝術的永恆難題，以不沈默傳達沈默，就是詩人展示才華的機會。語言，成了詩歌藝術創作的最大障礙；征服語言，駕馭語言，又是詩人的最大成功。

——呂進，《呂進文存・第四卷》，重慶：西南師範大學出版社，二〇〇九年，頁一五七

詩人就以「不說出」來代替「說不出」或落墨於引起情感之因，去寫象；或落墨於引起情感之果，去寫意

——詩在象外，詩在意外，詩在筆墨之外，詩在詩外，「但見情性，不睹文字，蓋詩道之極也」（皎然《詩式》）。

——呂進，《呂進文存・第四卷》，重慶：西南師範大學出版社，二〇〇九年，頁一六四

詩貴有不盡意。有的作品雖能達意，但沒有弦外音，象外象，味外味，境外境。一覽無餘的詩，其味自然就淡薄了。傳統詩學有關於「言外」、「象外」、「韻外」、「味外」、「筆墨之外」、「酸鹹之外」的豐富理論。「外」者，「不盡意」也。離開「不盡意」而談「達意」，就找不到衡評詩作高下文野的科學尺規。

——呂進，《呂進文存・第二卷》，重慶：西南師範大學出版社，二〇〇九年，頁七八

含「不盡意」的詩又須「達意」。把「不盡意」與「達意」看成水火不容，以為「不盡意」就是不「達意」，這是另一種誤解。離開「達意」而談「不盡意」，是沒有意義的。讀者讀詩時如猜無底之謎，如墜五里霧中，就根本談不上領會什麼「不盡意」了。

好詩，都是「不盡意」與「達意」的統一。

這種「統一」的方式是無窮的，但主要特徵卻都是孟子講的「言近而旨遠」。

——呂進，《呂進文存・第二卷》，重慶：西南師範大學出版社，二〇〇九年，頁七九

詩無定式。詩，可以以「達而不盡」見工，也可以以「不盡而達」見妙，但都應當是「不盡意」與「達意」的統一。

——呂進，《呂進文存・第二卷》，重慶：西南師範大學出版社，二〇〇九年，頁八三

# 「點」大於「面」

「點」大於「面」，是詩學的重要命題。

詩，總是以善於表現生活的廣度深度為上。但是，以「面」寫「面」，詩的天地總不免狹窄。因為，和廣闊的生活大海相比，一首詩無非是一滴海水、一個貝殼而已，哪能把浩渺無際的大海都全部地直接表現出來？

優秀的詩，擅長從生活的「面」上取「點」，再對這個「點」進行詩的處理，讓它成為詩筆的落墨「點」，成為讀者馳騁想像的起「點」——這樣地以「點」去概括、表現「面」，詩的天地就寬闊了。詩人落墨於「點」比他落墨於「面」能夠獲得更好地反映「面」的可能性，這就是我們所說的「『點』大於『面』」的含義。

——呂進，《呂進文存・第二卷》，重慶：西南師範大學出版社，二〇〇九年，頁四六

詩歌的「點」從本質上不同於敘事性文學，它是感覺的「點」，感情的「點」，詩人總是從最突出的主觀感覺、最強烈的主觀感情去選「點」，以展開抒情，概括生活。

——呂進，《呂進文存・第二卷》，重慶：西南師範大學出版社，二〇〇九年，頁四六

在詩中，由一個詩行向另一個詩行的前進，由一個意象向另一個意象的前進，其方式是跳躍式，組合式，很有點類似電影中的「蒙太奇」。串起分解與組合的鏡頭的，是詩人之情，是讀者對詩情的把握與創造。正因為有內在串聯，所以詩的跳躍是語斷意連，句斷情連，形斷實連。

——呂進，《呂進文存・第二卷》，重慶：西南師範大學出版社，二〇〇九年，頁五五

「點」大於「面」，「半」多於「全」，這是詩的一個重要特性，值得欣賞者留心。

——呂進，《呂進文存・第二卷》，重慶：西南師範大學出版社，二〇〇九年，頁五六

古典詩論重視「主賓」問題。《薑齋詩話》說：「詩文俱有主賓。無主之賓，謂之烏合。」這也可看做是在談「點」「面」。「主」就是「點」，是詩人用墨如潑的地方；「賓」就是「面」，是詩人惜墨如金的地方。「無主之賓」就是詩的散文化，它破壞詩的藝術規律，從而也破壞了讀者對詩的欣賞。

——呂進，《呂進文存・第二卷》，重慶：西南師範大學出版社，二〇〇九年，頁五四

# 詩歌鑑賞篇

# 詩歌鑑賞的過程

在鑑賞過程中，詩歌和讀者都具有二重性。詩歌作品在讀者面前是又已完成又待完成的，又不恆定又恆定的；讀者在詩只是讀者的第一（但絕不是唯一）的鑑賞對象。詩人的詩美體驗符號化為紙上的詩，讀者對詩歌符號（即紙上符號）的詩化反應（非詩化反應除外）就是他自己創造的詩，即他的第二鑑賞對象。讀者既是審美接受者，又是審美生產者。所以，不同鑑賞者的不同審美規範的交替給詩帶來彈性——它大大超出詩人的抒情初衷。詩篇由於遇到讀者群的飽滿的創造力而飽滿起來。

——呂進，《呂進文存・第二卷》，重慶：西南師範大學出版社，二〇〇九年，頁三五一

讀者進入詩歌鑑賞狀態以後，一般是用耳從詩形去捕捉語言方式的音樂性，即詩的音韻與節奏；用心去捕捉詩質的音樂性，即詩情的組織化、秩序化而呈現出的音樂性。

——呂進，《呂進文存・第三卷》，重慶：西南師範大學出版社，二〇〇九年，頁七四

詩的任何社會功能都不能由詩自身實現，而必須由讀者在接受過程中實現。詩作為一個過程，應當既包括作品的創作過程，又包括作品的接受過程。在鑑賞活動中，詩是有待於讀者介入完成的具有某種程度的未

定性的開放式結構。讀者由「初感」消除與詩的隔膜，實現相應性鑑賞，入乎其內；然後，他又介入詩歌，對詩人的感知進行再感知，對詩人的創造進行再創造，在「補充的確定」中實現相異性鑑賞，出乎其外。

——呂進，《呂進文存・第四卷》，重慶：西南師範大學出版社，二〇〇九年，頁二七三

詩是語言藝術。詩歌鑑賞活動是從語言開始的。

詩歌語言是加強形式的語言，濃縮的語言。它排除了通常語言的習慣性，使日常語言生疏化，以延長從而強化讀者對語言的感知過程。因此，詩歌語言的把握較之其他文學樣式語言的把握要困難得多。而語言是詩的鑑賞的大門。

——呂進，《呂進文存・第一卷》，重慶：西南師範大學出版社，二〇〇九年，頁二八八

詩中的景物形象，包括詩中所描繪的人、事、物、景。優秀的詩能「狀難寫之景如在目前」。詩歌鑑賞的任務，是要準確地把握它們。詩人形象有時是直接的，有時是間接的。但是，詩中的最主要的形象往往是詩人形象。

——呂進，《呂進文存・第一卷》，重慶：西南師範大學出版社，二〇〇九年，頁二八九

在詩的鑑賞過程中，鑑賞者心中的想像形象由詩所觸發而紛呈疊出。他突破詩歌形象的直接性，從直接性尋求間接性；他突破詩歌形象的確定性，從形象的確定性尋求想像的假定性；他突破詩歌形象的有限性，從形象的有限性尋求想像的無限性。這樣，詩歌鑑賞就進入它的感知活動的高潮——神遊「象外」之「境」。

——呂進，《呂進文存・第一卷》，重慶：西南師範大學出版社，二〇〇九年，頁二八九

詩的全部抒情美和音樂美，即全部詩味，都集中於表現於活躍於詩的意境。從意境中，鑑賞者要仔細地去領會、享受那醇美的詩味。這樣，詩歌鑑賞過程就進入了它的最後一個階段。

——呂進，《呂進文存・第一卷》，重慶：西南師範大學出版社，二〇〇九年，頁二八九

詩味，就是詩的抒情美和音樂美。說得詳細一點，內容方面有情味、意味，形式方面有興味、韻味。

一、情味。

詩中的詩人形象始終是歌唱者形象。詩中的景物形象，是情中景，都由感情所變形，投上感情的色彩，甚至就是感情的成形。所以古人說：「一切景語，皆情語也。」

不辨情味，就難以辨別詩味。

二、意味。

詩是最富於哲理意味的文學樣式。「詩言志」。在濃郁的感情中往往有理想信仰、人世經驗、生活智慧在閃光。這就使詩歌中有雋永的意味。

三、韻味。

詩不但是目會於心的藝術，就形式而言，應當說，它是更重聽覺的藝術。

詩是情、景、音的交融。

意境是有聲音的情景交融的畫面。

一首詩的意境總是在對詩的反覆吟詠中才會最好地浮現出來。一首詩的詩味總是在反覆吟詠中變得更加濃烈和豐富。

四、興味。

興味指藝術趣味，即：一首詩在語句、構思、表現手法方面的詩味。

如果說，情味、意味是「寫什麼」方面的詩味，那麼，韻味、興味就是「怎樣寫」方面的詩味。把握到「寫什麼」，才有可能較好地體會到「怎樣寫」。

——呂進，《呂進文存・第一卷》，重慶：西南師範大學出版社，二〇〇九年，頁二八九～二九七

優秀詩歌作品都是「文質彬彬」、「文質並茂」、「文質兼備」的。在一首優秀詩歌裏，內容是形式化的內容，形式是內容化的形式。把形式從內容中分出來，那就意味著消滅了內容；把內容從形式中分出來，那就意味著消滅了形式。只有從內容與形式的完美統一這個角度出發，我們才能更好地進行詩歌內容與形式的欣賞。

——呂進，《呂進文存・第二卷》，重慶：西南師範大學出版社，二〇〇九年，頁三〇

詩的鑑賞過程有兩個階段。第一個階段是相應性鑑賞，此時的讀者要受到詩的文本的審美結構的某種規範。然後，讀者進入相異性鑑賞，得到讀者自己的詩顯然，沒有第一個階段就沒有第二個階段。因此，對詩的「明朗」的要求的的確確應當是基本要求。「明朗」並非「一覽無餘」的同義詞。

——呂進，《呂進文存・第三卷》，重慶：西南師範大學出版社，二〇〇九年，頁三一八

好詩，總是在給人以美的感受中潛移默化著人的「性情」。但這種作用往往並不直接地在人的行為上迅速表現出來，而是表現在人的精神的內在成長上，表現在人的感情的淨化上。

——呂進，《呂進文存・第一卷》，重慶：西南師範大學出版社，二〇〇九年，頁四〇一

詩的鑑賞活動具有相應性，即它要受到詩的審美結構的某種規範。同樣，這種活動又具有相異性的特徵，它是鑑賞者對詩的感應、發現、創造與豐富。

——呂進，《呂進文存・第二卷》，重慶：西南師範大學出版社，二〇〇九年，頁一二六

詩篇大於詩人。詩篇在讀者的鑑賞活動中獲得比詩人的抒情初衷更大的內涵。換個角度說，不同鑑賞者的不同審美規範的交替給詩帶來豐富。

——呂進，《呂進文存・第二卷》，重慶：西南師範大學出版社，二〇〇九年，頁一二六

# 詩歌鑑賞的創造性

詩歌鑑賞只止於對象的認識，而沒有主觀的創造，就不是完整、深入的鑑賞。詩的意境的完成最後要靠鑑賞者的藝術創造。從這個意義講，詩歌鑑賞者本身就無異乎是半個詩人。這就是為什麼詩歌鑑賞是難度最大的文學鑑賞的緣故。

——呂進，《呂進文存・第一卷》，重慶：西南師範大學出版社，二〇〇九年，頁二九八

詩歌作為形象思維的產物總是塑造情景交融的藝術形象。但是，詩歌形象並不就是詩的意境，它只是意境的觸發劑，意境的母體，或者說，只是意境的得以生發出來的溫床。司空圖所謂的「超以象外，得其環中」，劉禹錫所謂的「境生象外」就是強調的這個意思。

——呂進，《呂進文存・第一卷》，重慶：西南師範大學出版社，二〇〇九年，頁二九九

詩歌形象總是儘量簡約、儘量「以一筆藏萬筆」的。它總是隱多於顯，藏多於露，寄微情妙旨於筆墨蹊徑之外。化詩歌形象之「實」為詩歌意境之「虛」，這就要仰仗鑑賞者的創造了。

——呂進，《呂進文存・第一卷》，重慶：西南師範大學出版社，二〇〇九年，頁二九九

隨著對詩歌形象的把握，鑑賞者既要「意到環中」，又要「神遊象外」，如池水水波之輻射，一層寬過一層地去領略那象外象，境外境，言外意，弦外音。

——呂進，《呂進文存・第一卷》，重慶：西南師範大學出版社，二〇〇九年，頁二九九

以詩歌形象之「實」顯詩歌意境之「虛」，沒有鑑賞者的藝術創造就如水中之月，空中之音。謝榛的《四溟詩話》說：「景乃詩之媒，情乃詩之胚，合而為詩。」他強調的是情景交融。就意境的形成與層深而言，我們可以說：詩歌形象乃意境之媒，鑑賞者的創造乃意境之胚，合而為意境。

——呂進，《呂進文存・第一卷》，重慶：西南師範大學出版社，二〇〇九年，頁二九九

詩總是這樣：給你一顆露珠，讓你想像黎明的清新；給你一個貝殼，讓你想像大海的浩渺；給你一彎明月，讓你想像夜空的靜寂。

——呂進，《呂進文存・第一卷》，重慶：西南師範大學出版社，二〇〇九年，頁三〇〇

詩歌鑑賞的創造性與臆想性的區別正在於如何把握詩中的藝術形象。正常的詩歌鑑賞要先理解詩人的「一致之思」再旁及其他；先把握言中之意，再領會言外之意；先「入乎其中」，再「出乎其外」。一句話，有對象的認識，主觀創造才是有源之水。

——呂進，《呂進文存・第一卷》，重慶：西南師範大學出版社，二〇〇九年，頁三〇三

鑑賞者的聯想有四種常見類型：

一、類似聯想。由「此」，而及類似「此」之「彼」，「想味不盡」。

二、接近聯想。由「此」，而及與「此」有這樣那樣關係的「彼」；又由「彼」，想到與「彼」有這樣那樣關係的另一個「彼」。如此展開，「聯類無窮」。

三、對立聯想。由「此」，而及與「此」正相反的「彼」。

四、哲理聯想。由「此」，循著哲理聯繫而推及「彼」；再由「彼」，循著哲理聯繫而推及另一個「彼」。

——呂進，《呂進文存・第一卷》，重慶：西南師範大學出版社，二〇〇九年，頁三〇〇～三〇一

所謂「詩無達詁」，即是指：不同讀者可以在同一首詩中發現不同世界，見仁見智，見淺見深，各美其美。所謂「詩無達詁」，還指：同一讀者隨著年齡、閱歷或處境、心緒的變化，可以在同一首詩中發現不同的世界。

「詩無達詁」表明詩歌鑑賞需要多麼高度的藝術創造！

——呂進，《呂進文存・第一卷》，重慶：西南師範大學出版社，二〇〇九年，頁三〇二

新詩史上不乏這種現象：優秀的詩評，有時比它所評的詩有更長久的生命力。

這說明：詩評不是強栽在詩歌屁股上的尾巴，也不是專與詩歌為難的無賴。詩評，是詩歌史上必然的現象，它是詩歌尋覓美的夥伴。

——呂進，《呂進文存・第一卷》，重慶：西南師範大學出版社，二〇〇九年，頁三八二

詩是一種最需要讀者配合、需要讀者發揮創造性想像的文學樣式。可以說，寫在紙上的詩還只是詩苗、詩種，詩的花朵是在讀者心中開放的。詩人一般只給讀者提供情感流動的方向，提供情感座標，不同的讀者可以依據詩人暗示的情感流動方向，用自己的線條，以自己的方式，去聯結詩中的情感座標，得到自己的詩。

——呂進，《呂進文存・第一卷》，重慶：西南師範大學出版社，二〇〇九年，頁四〇三

# 詩的共鳴

讀者通過共鳴而獲得詩；詩通過共鳴而發揮它的社會作用。對一首詩來講，引起共鳴的範圍越寬闊，引起共鳴的程度越強烈，它的社會作用就越大。

——呂進，《呂進文存・第一卷》，重慶：西南師範大學出版社，二〇〇九年，頁三〇四

引起共鳴的原因是多方面的。首先是社會歷史原因。同時，在詩來講，它的藝術成就是引起共鳴的必要因素。在讀者來講，除了生活經驗、思想水平、個性、氣質等等條件而外，基本的詩歌修養是不可或缺的方面。

——呂進，《呂進文存・第一卷》，重慶：西南師範大學出版社，二〇〇九年，頁三〇四

好詩可以引起共鳴，但引起共鳴的不一定都是好詩。一般講來，共鳴現象中總是有著某種程度的時代一致性，民族一致性，階級一致性。

「一致」中又有多樣，同中又有不同：每個鑑賞者由於個人因素（個性、氣質、審美情趣、生活閱歷等等）對於同一詩歌的共鳴的具體內容又不盡相同。

——呂進，《呂進文存・第一卷》，重慶：西南師範大學出版社，二〇〇九年，頁三〇五

詩歌鑑賞的共鳴現象中大量存在「共同美」的現象，這又是不同中的同。所謂「共同美」，就是不同時代、不同階級的鑑賞者對於同一首詩歌有大體一致的審美反映。「口之於味，有同嗜焉」。

——呂進，《呂進文存・第一卷》，重慶：西南師範大學出版社，二〇〇九年，頁三〇五

在詩歌領域，「共同美」最為普遍。大體上，有四個方面的原因。

一、詩歌歌唱生活，自然不只是歌唱階級關係方面的生活。

正由於這樣，那些歌唱人的其他社會關係的詩歌，諸如懷鄉思親、感歎別離、友朋答贈、表白愛情之作，儘管無不打上階級烙印，但除了階級烙印以外，還有能引起不同時代、不同階級讀者共鳴的「共同美」。

二、矛盾鬥爭狀況的相類。

今天的社會矛盾是過去社會矛盾的發展，今天的鬥爭與過去的鬥爭有內在聯繫。在歷史長河中，今天的矛盾鬥爭狀況有時會在某個方面、某種程度上與過去某一矛盾鬥爭狀況相類。這樣，過去時代的有關詩歌，就會引起不同階級的相同的美學體驗。

三、美有歷史的繼承性。

今天時代的美的概念並不是從天上掉下來的。美的概念從原始社會至今，有一個發展過程。過去時代的詩歌反映了過去時代的美，今天時代的詩歌反映了今天時代的美。但今天的美，是過去的美的批判繼承。歷史上每一個時代進步的美的概念，都從既往的美的概念有所「揚棄」。

四、自然美具有相對獨立的性質。反映自然美的山水詩（儘管不同階級的審美情趣並不儘然相同），往往撥動不同時代、不同階級的讀者群的心弦。唐代詩人就差不多寫遍祖國的名勝古跡，留下一幅又一幅色彩斑斕的畫卷，充分地發掘、表現了祖國的自然美。

——呂進，《呂進文存‧第一卷》，重慶：西南師範大學出版社，二〇〇九年，頁三〇五～三〇九

詩，要從詩人感情的真實性達到更高的人民感情的真實性。它概括的感情內容越深廣，引起共鳴的契機就越豐富；它與人民的真實之情相通程度越高，典型化程度也就越高。

——呂進，《呂進文存‧第一卷》，重慶：西南師範大學出版社，二〇〇九年，頁一三二

要鑑賞詩，就要有詩的眼睛和耳朵，要有對於詩的感受能力。對於沒有基本的詩歌修養的人，詩歌就不能成為他的感受的對象，再美的詩也沒有意義。

——呂進，《呂進文存‧第一卷》，重慶：西南師範大學出版社，二〇〇九年，頁三〇五

# 詩與讀者的關係

讀詩是情感的撫慰和情操的提升，中心是「情」。詩人「情動而辭發」，讀者「披文以入情」，把握詩歌的情感體驗，尋找自己的詩。詩歌讀者都是半個詩人。

——呂進，《呂進文存・第四卷》，重慶：西南師範大學出版社，二〇〇九年，頁二四七

沒有獨立性的作品在詩中的地盤越大，詩在讀者中間的地盤就越小。

——呂進，《呂進文存・第一卷》，重慶：西南師範大學出版社，二〇〇九年，頁六八

背誦，不但增加詩歌修養的積累，而且有利於逐步加深對一首詩的領會。文學欣賞是主體對客體的認識。客體（詩）是穩定不變的——除非作者修改它；主體（欣賞者）的生活閱歷、審美經驗、鑑賞水平、個性、世界觀卻可能發生變化。主體的變化必然帶來欣賞活動的變化。不斷對一首詩進行「反芻」式欣賞，是詩歌欣賞的一個特點，而背誦是它的先決條件。

——呂進，《呂進文存・第二卷》，重慶：西南師範大學出版社，二〇〇九年，頁三二

詩創造讀者：詩人不但為讀者創造詩，也為詩創造讀者。但從詩的本源看，更不能讀者創造詩：一代讀者的追求影響詩的審美取向，一代讀者的回應性狀態提高詩的審美價值。優秀詩人並不故意去造成「轟動效應」，但是他珍視讀者的共鳴。優秀詩人用心靈寫作，以形式表達心靈。優秀詩人從不用外在形式寫作，從不以外在形式去堵塞讀者的鑑賞之路。

——呂進，《呂進文存‧第二卷》，重慶：西南師範大學出版社，二〇〇九年，頁四六五

從詩歌鑑賞的角度著眼，最好的詩人總能將讀者變為合作者，變為半個詩人。

——呂進，《呂進文存‧第二卷》，重慶：西南師範大學出版社，二〇〇九年，頁一七〇

詩篇大於詩人。詩篇在讀者的鑑賞活動中獲得比詩人的抒情初衷更大的內涵。換個角度說，不同鑑賞者的不同審美規範的交替帶來了詩義的豐富性。

——呂進，《呂進文存‧第二卷》，重慶：西南師範大學出版社，二〇〇九年，頁一二六

當對一首詩的鑑賞似乎已經到達某種極限時，歷史卻用「時間」這張抹布把它拭擦得閃閃發光，使它成為具有新的審美眼光的讀者群的鑑賞對象。

——呂進，《呂進文存‧第三卷》，重慶：西南師範大學出版社，二〇〇九年，頁二四一

# 以意逆志

《孟子・萬章上》講：「以意逆志，是為得之。」宋人朱熹在《孟子集注》裏解釋說：「當以己意逆取作者之志，乃可得之。」

「志」，簡單地說，也就是詩人之情；「意」在這裏是指讀者的創造。詩歌創作是創造活動，詩歌欣賞同樣是創造活動。

——呂進，《呂進文存・第二卷》，重慶：西南師範大學出版社，二〇〇九年，頁二五

欣賞者在欣賞過程中總是要運用他的情緒記憶和形象記憶以及他的欣賞經驗來「豐富」詩篇中的詩歌形象，得到自己的詩。

——呂進，《呂進文存・第二卷》，重慶：西南師範大學出版社，二〇〇九年，頁二五

「以意逆志」的「逆」的完成，主要依靠欣賞者的想像。可以講，想像力是劃分讀者欣賞能力高下的可靠標誌之一。想像的基礎是欣賞者過去的生活經驗。想像的目標，一是準確把握詩歌形象，從而對詩人體驗的感情進行再體驗。這時，欣賞者的想像的限定性較明顯，是再現性想像，但是，它又有能動性的一面，帶

有欣賞者的個性特徵。想像的另一個目標，是豐富詩歌的形象，從而對詩人創造的詩歌形象進行再創造。這時，欣賞者的想像的能動性較明顯，是創造性想像，但是，它又有限定性的一面，通常受到作品中詩人所塑造的詩歌形象的制約。

——呂進，《呂進文存・第二卷》，重慶：西南師範大學出版社，二〇〇九年，頁二五～二六

# 知人論世

在鑑賞過程中，讀者可以說是在重溫詩人之夢。為了這個「重溫」，讀者就得「知人論世」。不知道詩人及其時代，讀者就難以領會詩的感情內容，難以從詩人主觀之夢中窺見那產生這種夢的客觀環境。孟子說過：「頌其詩，讀其書，不知其人，可乎？是以論其世也。」

——呂進，《呂進文存・第一卷》，重慶：西南師範大學出版社，二〇〇九年，頁三四一

詩的重要特點之一在於，它通常是詩人感情的直寫。和敘事性文學樣式相比，詩一般不需要另外塑造一個或一群人物形象，展現他或他們的經歷和命運。在詩歌作品中，往往詩人自己站出來在讀者面前歌唱。在詩歌作品中，創造者變成了自己的創造品。讀者從優秀詩人的悲歡中體驗、認識到自己的悲歡、時代的悲歡。

——呂進，《呂進文存・第二卷》，重慶：西南師範大學出版社，二〇〇九年，頁二二

要讀懂他們的詩，體會詩人之情，就要知道詩人身世，瞭解詩人所處的時代。

——呂進，《呂進文存・第二卷》，重慶：西南師範大學出版社，二〇〇九年，頁二二

# 讀者的修養

要懂得藝術，要懂得文學，就要先懂得詩；要從根本上提高藝術修養，提高文學修養，就得先從提高詩歌修養著手。

——呂進，《呂進文存·第一卷》，重慶：西南師範大學出版社，二〇〇九年，頁三八

理解詩人在詩中的地位，是正確把握詩歌本質的關鍵。

——呂進，《呂進文存·第一卷》，重慶：西南師範大學出版社，二〇〇九年，頁五六

提高詩歌修養就要讀詩，這種說法，雖然在尋找提高詩歌修養的主要途徑上是正確的，但是，就它的完整性而言，卻是錯誤的。廣泛的詩外閱讀，和提高詩歌鑑賞力有直接關係。《而庵詩話》說：「學詩而止學乎詩，則非詩；學三家之詩而止讀三家之詩，則猶非詩也。」有鑑於此，我們強調「讀詩外作品」，並願意把它作為具體的讀詩方法之一。

——呂進，《呂進文存·第二卷》，重慶：西南師範大學出版社，二〇〇九年，頁三三

# 後記

泰國著名詩人堅蓋・塞他翁（漢名曾心）先生曾留學於中國廈門大學中文系，現就職於泰國留中總會。他對中國詩歌情有獨鍾，在泰華詩壇，是小詩創作的重要領軍人物。雖然未曾謀面，但從恩師呂進先生處獲得《曾心小詩點評》一部，深感曾心先生對華文詩歌的摯愛。兩位長輩因詩歌而結緣，雖見面極少，卻堪稱莫逆之交。二〇一一年十一月，曾心先生致信呂老師，談及多年的夙願：將呂進詩學的精華以語錄體的形式選編出來，以饗大眾。呂進先生表示同意，並囑咐我輔助曾心先生完成這件事。

坦誠地講，無論詩學素養還是資歷，我都不是做這本書稿的最佳人選。在讀期間，由於根基淺，而三年時間又逝如流星，對老師的著作拜讀不是很多，一直是個揮不去的心結。選編《呂進詩學雋語》，是一次絕好的「補習」。更何況，有機會將先生多年心血凝成的詩學成果向海內外廣泛傳播，為現代漢詩愛好者和詩學研究者提供一份寶貴的詩學資料，確是一件非常有意義的事，於是勉力為之。

現在早已不是「酒香不怕巷子深」的年代，印刷技術、網路技術的進步，使中國詩歌呈現出一種虛假的繁榮。成名的欲望，評職稱的需要，使大量的偽詩歌、偽詩學充斥著書架和網路，人們很難從其中披沙揀金。呂進詩學對於當前的中國詩學界來說，無疑是一股清流。呂進先生構建起屬於自己的詩學體系，在現代詩學界獨樹一幟，尤其在現代詩歌文體論上多有建樹。他的立論，無不旁徵博引，顯示出他倡導的求實、創新、多元的學術風度。呂進詩學體系深刻地體現了呂進先生「堅定地繼承本民族的優秀詩歌傳統，但主張傳統的現代轉換；大膽地借鑑西方的藝術經驗，但主張西方藝術經驗的本土化轉換」的一貫主張。

呂進先生成名很早，在現代詩學界享有聲譽。但先生平易近人，與其交流總是充滿歡聲笑語。文如其人，他的詩學著作雖然處處閃爍著哲思的智慧，語言卻極為簡易；詩學體系龐大，而結構至為清晰。時下的許多詩學著作，刻意追求理論「高度」，反而讓人感覺像走不出的迷宮；刻意追求西方的時髦思潮，卻反而成了域外名詞術語的搬運工。相比而言，呂進詩學無疑是一座聖殿。先生在詩學上勇於開拓的創新精神，幾十年如一日堅守精神家園、淡泊名利的風骨，都堪稱典範。在當前中國文化從以前的「拿來主義」日漸過渡到「走出去」的大發展、大繁榮背景下，推動呂進詩學在國際華文詩學界的廣泛傳播，讓世界範圍的詩歌愛好者認識到中國的優秀成果，正當其時。

呂進詩學博大精深，而本次選編時間較為倉促，我的本職工作又比較繁雜，使得所選內容難免挂一漏萬。唯望方便讀者手批目覽，於口誦心思間領會呂進詩學之要！

感謝曾心先生，在曼谷不顧水患之憂，通過電子郵件指導書稿的編寫，促成本書的付梓；呂進先生的在讀研究生程海岩、董運生、李悅，各自負責了書稿的部分選編工作。他們反覆閱讀呂進詩學著作，精心遴選，沒有他們的工作，書稿無法圓滿完成，在此一併致謝。

鍾小族

二〇一一年十二月五日

文學視界14　PG0840

# 呂進詩學雋語

作　　者 / 呂進
主　　編 / 曾心、鍾小族
責任編輯 / 王奕文
圖文排版 / 陳姿廷
封面設計 / 陳佩蓉

發 行 人 / 宋政坤
法律顧問 / 毛國樑　律師
印製出版 / 秀威資訊科技股份有限公司
114台北市內湖區瑞光路76巷65號1樓
電話：+886-2-2796-3638　傳真：+886-2-2796-1377
http://www.showwe.com.tw
劃撥帳號 / 19563868　戶名：秀威資訊科技股份有限公司
讀者服務信箱：service@showwe.com.tw
展售門市 / 國家書店（松江門市）
104台北市中山區松江路209號1樓
電話：+886-2-2518-0207　傳真：+886-2-2518-0778
網路訂購 / 秀威網路書店：http://www.bodbooks.com.tw
國家網路書店：http://www.govbooks.com.tw
圖書經銷 / 紅螞蟻圖書有限公司
114台北市內湖區舊宗路二段121巷28、32號4樓
電話：+886-2-2795-3656　傳真：+886-2-2795-4100

2012年11月BOD一版
定價：380元

國家圖書館出版品預行編目

呂進詩學雋語 / 曾心, 鍾小族編. -- 初版. -- 臺北市 : 秀威資訊科技, 2012. 11

面； 公分. --

ISBN 978-986-326-007-3(平裝)

1. 中國詩 2. 詩學

821.887 101019691

# 讀者回函卡

感謝您購買本書，為提升服務品質，請填妥以下資料，將讀者回函卡直接寄回或傳真本公司，收到您的寶貴意見後，我們會收藏記錄及檢討，謝謝！

如您需要了解本公司最新出版書目、購書優惠或企劃活動，歡迎您上網查詢或下載相關資料：http:// www.showwe.com.tw

您購買的書名：____________________________

出生日期：______年______月______日

學歷：□高中（含）以下　□大專　□研究所（含）以上

職業：□製造業　□金融業　□資訊業　□軍警　□傳播業　□自由業

□服務業　□公務員　□教職　□學生　□家管　□其它_____

購書地點：□網路書店　□實體書店　□書展　□郵購　□贈閱　□其他

您從何得知本書的消息？

□網路書店　□實體書店　□網路搜尋　□電子報　□書訊　□雜誌

□傳播媒體　□親友推薦　□網站推薦　□部落格　□其他______

您對本書的評價：（請填代號　1.非常滿意　2.滿意　3.尚可　4.再改進）

封面設計____　版面編排____　內容____　文／譯筆____　價格____

讀完書後您覺得：

□很有收穫　□有收穫　□收穫不多　□沒收穫

對我們的建議：____________________________

____________________________________

____________________________________

____________________________________

請貼
郵票

11466
台北市內湖區瑞光路 76 巷 65 號 1 樓
**秀威資訊科技股份有限公司　　收**
BOD 數位出版事業部

（請沿線對折寄回，謝謝！）

姓　　名：____________　年齡：______　性別：□女　□男

郵遞區號：□□□□□

地　　址：______________________________

聯絡電話：(日) ____________ (夜) ____________

E-mail：______________________________